AF269033

LARRY LA FOUNTAIN-STOKES
ABOLICIÓN DEL PATO

LARRY LA FOUNTAIN-STOKES
ABOLICIÓN DEL PATO

CONTENIDO

9
Prefacio

11
Piscina: obra en dos o más partes

18
Preludio en boricua patas-atrás pequeño cuento de hadas)

27
Abolición del pato (todo por la letra A)

48
Dos historias para Paul

54
Tríptico (a la Marilyn Monroe o yo no sé qué)

61
Cuento de un padre y un hijo

68
Abecedario litúrgico del Caribe (Primera parte del Diccionario
del amor y la paciencia)

77
Viernes Santo (Segunda parte del Diccionario del amor y la
paciencia)

85
Júnior, reggaetón tropical

91
A Monstrous, Calamitous Event, Akin to Birth
(Discurso en el Politeama del Amor)

Prefacio

¿Se desea la abolición del pato, o es el pato mismo el que quiere abolirse? ¿Es un experimento biológico el pato? ¿Es un desvío el pato? ¿Tiene historia o la está haciendo?

En el libro de Larry La Fountain-Stokes, todo el arsenal lingüístico, erótico, pop, filosófico —todo el abecedario de la culpa y la retórica y la alusión, quiere escenificar el juego entre la escritura y la voz, la esencia y el simulacro. Son escenas de fiesta pero también de trauma: momentos de utopía y desastre, amor y rabia. Es un teatro lírico de muñecas que incluye el relajo, la reivindicación y la rabia, escenas de instrucción para un público que, al igual que estos patos, está en todas partes y en ninguna. Sin ser la narrativa de una realidad social, los cuentos parten de ella para más bien abolir toda realidad estable: están hechos de retazos, préstamos, de cosas que aparecen y desaparecen, de juegos de los que nos habíamos olvidado en la infancia, de tele-basura. Es más: no son cuentos sino textos patos: patería que atenta contra la esencia del cuento, prosas con voz de pato. Son fragmentos de una cotidianeidad que remite torcidamente a Puerto Rico: ese lugar-pato, esa piscina insular con sus límites tan definidos por la geografía, abolidos por el pato que nada en ella, desafiando su sentido de orden.

Al igual que la prosa de Pedro Lemebel, La Fountain Stokes no escatima recursos a la hora de nombrar el abecedario de una condición fantasma, y como Manuel Ramos Otero, opta en ocasiones por la veta más experimental para volar hasta el centro de la patería y convertirla en carnaval. Toda ilusión de captar la esencia de las cosas se tomaría aquí a relajo, si no fuera por el dolor que a su vez tan claramente es el causante de que el pato tenga plumas, y quiera salir volando. Literatura sobre la literatura, universo propio: al abolir al pato como sujeto estable, domesticable, pre-escrito, el pato se convierte en parte de un sistema arbitrario: una performance que muestra sus propias costuras, la confesión de un escenario cruel que se redime a sí misma en un teatro resbaladizo donde el amor y el dolor se pagan con la misma moneda.

José Quiroga

Piscina: obra en dos o más partes

Como diría Macedonio Fernández, el ensayo crítico que lo dice todo antes de comenzar la obra.

¿Cómo comenzar un viaje interminable? Siempre parece ser una amenaza tan singular la posibilidad de que todo esté repetido, inequívocamente invertido en reflejos perversos. Las cosas siempre me han interesado exactamente por sus posibilidades de fractura, ese cierto anhelo de que todo esté saliendo de su centro, reflejado de una luz de otro color, más transparente. Como decir que las fuerzas elementales de ese tal Tales de Mileto se convertían en la esencia de los pensamientos, que había alguna manera de cambiar el rumbo de las cosas, que simplemente tomaba cierta determinación de parte del espectador atento e inteligente, cierto sigilo de parte del editor preocupado con los resultados de la apuesta mercantil, cierta osadía ante la monumental sociedad opresora. Y después de todo eso, ¿qué queda? No queda nada, queda el agua; es tal vez por eso que volvemos al seno materno, siempre bajo la superficie del mundo. No toma más que tirarse en la piscina, gran metáfora de mis ilusiones.

Pensándolo mejor, toma diez movimientos transversales encadenados: uno detrás del otro, que hacen pensar en tantas cosas. El nunca saber tan delicado de todo. El preguntarse sobre la importancia de algunas cosas, especialmente sobre unas así un poco más obscuras que claras, como una escritura confusa que no está muy segura de adónde va, como un movimiento silencioso debajo del agua, lento, pensando seriamente en lo que puede estar pasando mientras uno aguanta la respiración en lo que le toma llegar de un lado al otro, verlo todo con una cierta óptica medio perdida, estar esperando sin saber muy bien lo que está pasando en el agua, verte al otro lado, fuera de la piscina, seco, como sin entender lo que digo, sabiendo que todo no es tanto después de todo, como esa pintura de David Hockney detrás de los individuos que hablan en la casa de playa de la película de Andy Warhol llamada *The Hustler*. Como tomar un baño en ciertas películas de los años cincuenta. Nada más, sólo un breve intersticio de la realidad, de lo cotidiano de los tiempos de paz, silencio acuático tan añorado pero que ahora parece cosa de la infancia, de una inocencia ya perdida para siempre tras la sangre derramada aquí y allá. Agua transparente, no quemada, diluvio torrencial de ilusiones. Sueño perdido.

Parte de una novela muy pero que muy mala, para lectores de la nueva vieja época

1. Postulamos la hipótesis de que el agua sea algo más transparente de lo que es, o de que se pueda organizar una metodología que nos explique la sintaxis de las ondas, algo como un polo lingüístico que sirva la función de la luna. Al saltar a la piscina, me dije: "Creo que estoy solo". De repente, sentí ese extraño vacío de saber que las líneas oscuras del fondo sólo reflejaban mis débiles movimientos. Si sólo hubiera alguna otra persona cerca.

2. Cuando me estaba preparando para ir a la piscina, me desvestí ante varios ojos expertos. No daban la impresión de saberlo, o de tener muy en cuenta lo que buscaban. Hacía bastante tiempo que yo quería contar estas cosas. En las duchas, antes de llegar a la piscina, los hombres desnudos se bañan. Pero, ¿qué saco yo de todo esto? ¿Estar más limpio?

3. Por qué no. Los movimientos de las mujeres en la calle me recuerdan de esos días fríos de otoño en Buenos Aires que nunca pasé. En los trópicos no tenemos estaciones. Si no

fuera porque hay reloj, uno no se da cuenta de que el sol se pone unos pocos instantes más temprano de lo acostumbrado. Pero Buenos Aires, ¡qué ciudad! Para qué cualquier otra. En sus calles se puede andar perdido, como en un sueño mal organizado, algo así como sacado de una obra incompleta de Shakespeare en Italia, o como el movimiento occidental de las brisas sobre el Kalahari durante la estación de invierno, cuando las arenas del desierto se confunden con su blanca tez.

4. Siempre recuerdo, no puedo explicarlo, ese extraño día en que el agua de la piscina estaba tan quieta. Llegar al agua, haber atravesado el cuarto de las duchas, estar desnudo debajo del traje de baño tan apretado, sentirse confundido al recordar episodios de masturbación a los doce o trece años tan pronto llegabas a casa y te metías en la cama. Una piscina, temprano por la mañana, que parecía el espacio perfecto, natural en su estado inmutable. Las líneas del orden universal. El placer del cuerpo cansado entre tanto movimiento.

5. La conclusión de un movimiento importante, o por así decir, de las ondas en el agua. No era una imagen que le atrajera mucho, pero qué pensar en tal estado de confusión. Las cosas habían estado pasando demasiado rápido aquel día. Imagina solamente, estar tratando de desarrollar ciertas teorías sobre el lenguaje mientras se nada, elevando el absurdo monótono de la repetición acuática al estatus de religión, por así decir. Uno, dos, tres, cuatro. Uno, dos, tres, cuatro. La monótona repetición incesante que le causaba tanto placer, el poder mirar por debajo del agua mientras todavía se estaba nadando, mirar los cuerpos de los otros nadadores en la piscina. Ni siquiera estar fuera del agua, moviendo los brazos en un ritmo que en otras circunstancias sería insoportable. Pensar que era alguna cosa de Freud, de estar nuevamente dentro del vientre materno.

6. Repetirlo todo, pero otro día. Ir a la piscina pero a otra hora del día, cuando no hubiera nadie, o cuando estuviese todo el mundo a la vez. Desvestirse ante miles de ojos o ante el espacio vacío de la nada que no mira, del agua caliente de la ducha donde no hay nadie o donde hay demasiados ojos que lo saben todo. Salir corriendo con mucha sed, tirarse a la piscina pero no poder tomar nada, como una de esas torturas del infierno de Dante, locura de un siglo medio confundido en teologías confusas. Al menos nosotros vivimos en la edad posmoderna, con piscinas.

7. Nadar de nuevo, tratar de nuevo. Encontrarse con alguien conocido en el agua y entablar una conversación. "¡Hola! ¿Qué tal?" y así por el estilo, en la mejor tradición de camaradería jamás vista. "Que el agua está mojada", te dices en ese monótono recitativo dramático que aprendiste tan bien en la escuela secundaria para bregar con todas las situaciones a tu alrededor. El mundo da vueltas, el agua se mueve, mejor nadar debajo, haciendo así un esfuerzo por llegar al otro lado sin decir ni ji. La posibilidad de que todos tus esfuerzos sean remunerados con alguna cosa más interesante de la que te puedas imaginar, tal como un viaje al fondo de alguna laguna escondida en la finca de alguien en tu clase de lengua.

8. Agreste trópico, con tus cálidas brisas que siempre soplan del noroeste. La preferencia por la piscina está basada en la ausencia de amenazas biológicas tales como los tiburones. Aunque uno nunca puede estar muy seguro, que siempre existe la posibilidad de encontrarse con algo todavía peor. ¡Qué Dios nos libre! Pero es que a veces pagan justos por pecadores, especialmente en estos casos de perversión de los deseos, de instintos reprimidos por demasiado tiempo. Al menos eso era lo que su tía siempre le decía: "Mira, mijo, ten cuidado, no vayas a acabar como una Eréndira cualquiera, tirada sobre la calle o si no, haciéndole favores sexuales a la abuela".

9. Mis movimientos se confunden más y más con los latidos lentos del agua, como si en sinfonía acuática. Uno, uno, uno, uno. La repetición incesante del monosílabo o bisílabo incoherente, que indica los movimientos de los brazos. Dos, tres, cuatro. La posibilidad de que al salir del agua todo haya cambiado, o tal vez nada, nada, como el imperativo del verbo tan mencionado en la piscina. Sólo pensar que la mayor parte de la gente nunca llega.

10. El movimiento final del nadador ocurre antes de que el mismo llegue al borde extremo de la piscina, antes de que comience a nadar por la última vez, antes de ponerse el traje de baño en el cuarto de las duchas. Comenzó a caminar en esa dirección general que siempre le habían indicado, y le pareció que ya lo había hecho todo en un sueño. Tal vez una gitana se lo había dicho ya, que este destino estaba escrito en su mano manchada por los químicos de la piscina, por sus impulsos eróticos, por esa furia desmedida que nunca expresaba libremente. De todos modos, empezó a nadar, como si lo entendiera todo, como si fuera una de esas cosas sobre las cuales no se necesitaba hablar, una de esas cosas que son evidentes, de tantas personas haberlas pensado por tanto tiempo, tantas veces, tanto silencio, uno, uno, uno, uno.

La ausencia de un cierto placer: el espacio más transparente

<pre>
      (.) (.)
(
               .) (,   .) (.)
        (:   ,   .) (
            .) (
                               .) (
.) (
      .) (.) (:   .)
</pre>

(

      .) (.) (
    .) (
    .) (.) (.)
(
        .) (.) (:
:   :   .)

Todo dicho entre líneas.

   (...   .) (
...   .) (
     .) (,   .) (
.) (.)
   (:¿   ,   ?) (
     .) (
        .) (¡   ...
  !) (
.) (... .) (... : .) (
...
    .) (.) (
   .) (
   .) (.) (.)
(
     .) (.) (
...   .)

Con bastante cuidado.

  (¡ !) (.) (
    .) (,   .) (
.)
  (:   ,   .) (
   .) (
    .) (
.) (

   .) (.) (:   .)

(

     .) (.) (¡

   !) (

   .) (.) (.)

(

      .) (¡   !) (

    .)

Como lo que se hace debajo del agua.

Preludio en boricua patas-atrás
(pequeño cuento de hadas)

Había una vez y dos son tres, hace mu-u-u-u-u-u-u-u-u-u-u-u-u-u-u-u-u-u-u-u-u-u-u-u-u-u-u-u-u-u-u-u-u-u-u-u-u-u-u-u-u-u-u-u-u-u-u-ucho, pero mu-mu-mu-mu-mu-mu-mu-mu-mu-mu-mu-mu-mu-mu-mu-mu-mu-mu-mu-mu-mu-mu-mu-mu-mu-mu-muchísimo tiempo atrás, o sea, hace mucho, mucho, mucho, mucho, mucho, mucho, mucho, mucho, mucho, mucho, mucho, mucho, mucho, mucho, mucho, mucho tiempo, bien pa'trás, en el año de las guácaras, bien antes, o sea, cuando todavía no había Internet, imagínense, antes de los celulares, cuando a la homosexualidad todavía no le decían así, o sea, antes de que Karl-Maria Kertbeny se inventara esa palabra en el siglo diecinueve, es decir, cuando todavía decían sodomita o maricón o sabe Dios qué, en un lugar bien, bien, bien, bien, bien, bien, bien, bien, bien, bien, bien, bien, bien, bien, bien, bien, bien, bien, bien, bien pero que bien lejos, requetelejos. Tan lejos que no podías ir caminando, ni en una 4x4.

Bueno, en aquel entonces no había 4x4, las 4x4 eran los cuatro caballos. Pero era antes de que llegaran los caballos, que son de Arabia. Los trajeron en barcos, porque los caballos no nadan largas distancias. Por mar, porque no había aviones tampoco.

Eso era un retraso total, o sea, no el retraso del aeropuerto, que ese nos pasa a cada rato, yo digo el retraso de esta gente.

Yo no estoy diciendo que eran retrasados, que eso no está bien decirlo.

Pero definitivamente eran de otra época.

Pues en aquel entonces, en aquellos lugares por allá, que era como que por aquí pero no exactamente, bueno, varios lugares… Uno se llamaba África, el otro tenía varios nombres, en realidad, todos tenían varios nombres, porque África no se llamaba África, se llamaba la tierra de los congos y de los yorubas y de los dahomeyanos y de los zulú y el otro lugar se llamaba Aztlán y Tenochtitlán y Tahuantinsuyo y Qosqo (que no es Costco, Cuzco se llamaba) y Borikén y Quisqueya y había otra parte que se llamaba el reino de Castilla y Aragón y otra parte que era de los lusitanos y otra de los godos y otra de los visigodos y otra de los vikingos y otra del Kublai Kan por donde estuvo Marco Polo y entonces estaban Siam y Formosa y la China, y había una que era de los moriscos y los conversos y los judíos y los sefarditas y los musulmanes que se fueron después del noventa y dos (que eso fue hace bastante tiempo) porque los botaron como bolsa, pa la calle, ya no los queremos más, llévense sus estrellas de David y su caligrafía y sus Coranes que aquí solo cabe la cruz en la pared y en la biblioteca sólo hay cupo para la Biblia, no cabe más na, no cabemos todos juntos, juntos pero no revueltos, no, ni siquiera juntos, lejos, lejos es que hay que estar, záfate Misifú, como si fueran gatos los botaron, vete, vete, no te quiero ver ni en pintura.

Bueno, pues esa gente, o sea, entre esa gente, porque hubo de los que se quedaron pero se metieron en el clóset, siguieron con su cosa pero calladitos, pero entre esa gente que oprimía a los que yo les estoy diciendo, bueno a ellos les dio por irse por ahí. Los castellanos no cabían en Castilla ni en la vieja ni en la nueva y se fueron por ahí pal carajo, a dar la vuelta del pendejo y entonces dijeron, "Yo creo que me voy pal mundo nuevo. Esto aquí está pasao".

Entonces, lo que pasó, es que había toda esta otra gente que estaba como que en la suya, peleando, haciendo vasijas de barro, dibujando en las cuevas, jugando pelota con unos cinturones de piedra bien, bien, bien pesados, que eran para rebajar, porque en aquella época no había Jenny Craig, ni fen-phen, ni Weight Watchers, ni Splenda, ni Slim-Fast, ni NutraSweet, ni Sweet'N Low, ni Coca-Cola de dieta, ni Tab, ni Fresca, ni Pepsi ONE, sólo había mangós y papayas y guanábanas y guineos, guineítos niños, guineos manzanos, plátanos, mofongo, tostones, arañitas, mariquitas, platanutres, maduros, amarillitos en almíbar, guineítos en escabeche, pionono, pastelón de amarillo, ay pero espérate, yo creo que me adelanté, los guineos no habían llegado tampoco, estaban como que en África, o sea, lo que nosotros le decimos África que no es ni América ni Europa ni Asia ni Australia ni Antártica aunque en aquel entonces...

Bueno, yo lo que quería decir es que mira, primero tenemos a estas gentes trepás en los Andes con sus quipus contándolo todo con cordoncitos y dividiendo el mundo en cuatro partes y hablando de hanan y hurin y lo alto y lo bajo y que si yo te conquisto entonces tú me tienes que traer tributo, pero nosotros creemos en compartir, entonces yo te caso a mi hermana con tu suegro y a la otra hermana la metemos a virgen del sol y a la hija, pues esa puede ser virgen de la luna, si yo me caso contigo, o sea, si casamos a los primos con las hermanas que yo tengo por parte de padre de uno de sus primeros matrimonios, pues entonces quedamos todos emparentados y ya tú sabes, donde hay familia, todo es mejor, porque nosotros somos un pueblo bien dado a eso, a la tradición.

Okey, eso era por abajo porque por arriba entonces tenemos a estos otros y tú sabes, a ellos les habló un águila, o sea, una serpiente emplumada llamada Quetzalcóatl que estaba sentada en un nopal y tenía una bandera blanca, roja y verde del Partido Revolucionario Institucional y les dijo, "Cojan pa bajo, vayan allí y donde hay un lago me lo llenan de balsas que yo quiero ir a los jardines flotantes de Xochimilco que eso es una preciosura, los barquitos, las trajineras, los mariachis, Luis Miguel, Juan Gabriel, Thalía, Paquita la del Barrio, no hay nada mejor día domingo que es el día en que yo paseo. Y me hacen el favor y si no es mucha molestia háganme como que unas pirámides y de vez en cuando me tiran como que a una gente por ahí pa bajo, pero gente que esté como que hastiá de la vida", si recuerden que esto era antes del Válium y del Prózac y del Zóloft y del Páxil y de la Celexa y del Ativán y del Restoril y del Allegra y del Claritín que te resuelve las alergias, del Viagra, del otro negocio que te pone pelos en la calva, allá cuando todavía no era malo fumar, o sea que había todo un chorro de malagradecidos, digo, de infelices, los pobres, yo no los culpo, si no había televisión ni Don Francisco ni Sábado Gigante ni Kobbo Santarrosa ni la Comay ni el Boricuazo ni centros comerciales ni layaway ni rain checks, ¿cómo quieren que estuvieran?

Bueno, pero nada de eso importa porque entonces llegaron los de allá, los del viejo mundo y Oh My God, nunca, pero nunca, nunca, nunca, nunca, nunca, nunca, nunca, nunca, nunca, nunca jamás en sus perras vidas, nunca habían visto nada pero que nada, nada, nada, nada, nada, nada, nada tan pero que tan requetebello como esto que vieron aquí, nada, nothing, zilch, niente, nunca jamás sus ojos habían visto estas preciosuras y beldades que vieron, ¡nunca! Y todos empezaron a cantar de repente porque no podían de la emoción, todos juntos con el "Yo tengo un gozo en mi alma, un gozo en mi alma, un gozo en mi alma y en mi ser, ¿y cómo es? Es como un río, río, río, río, río de agua viva, un río de agua viva en mi ser ¡y otra vez!" Y entonces Colón, que era el líder de los jinchos caras pálidas esos apestosos mugrientos que no creían en los baños ni en el jabón y se echaban perfumes para no olerse las pestes de las ropas de cuero y metal y terciopelo, que se les metían los piojos por medio de las armaduras, entonces el noble e hidalgo Colón, que de niño había estado en el Coro de Niños de Génova bajo la dirección de Evy Lucio, pegó a cantar y a declamar poesía y a exclamar lleno de admiración: "Ésta es la linda tierra que busco yo, es Borinquen la hija, la hija del mar y el sol, del mar y el sol, del mar y el sol, del mar y el sol, DEL MAR Y EL SO-SO-SO-SO-SO-SO-SO-SO-SO-SO-SO-SO-SOL" porque era antes de que inventaran la ópera y él sufría de gaguera. Y entonces le bajó una sola lágrima furtiva, que se le enredó en la barba invisible que tenía puesta ese día.

Pues fíjense, qué mala suerte, llegaron los caras pálidas y enseguida pusieron a los indios, o sea, a los que estaban aquí, a trabajar, porque ellos se creían que habían llegado a la India, porque estaban un poco perdidos, digo, creo yo, si total, todos nos parecemos, bueno, pues ellos creían que estaban en la India y enseguida dijeron, "Indira, mira, ven acá, por favor, dile a Deepak y a Gayatri y a Vishnú y a Gautama que nos hagan el favor de sacar todo ese oro que hay allí en ese río y en esas minas, que se está echando a perder, hágannos el favor, que a nosotros el viaje de varios meses en carabela nos ha dejao bien cansaos y estos mosquitos nos están matando y estas mujeres se nos tiran encima, se ve que están locas por mejorar la raza, sáquennos todo el oro del río y de la mina y cuando se acabe, pues la plata y el cobre y el estaño y los diamantes y las esmeraldas y los rubíes y todas las otras joyas, lo que sea, y mira a ver si no nos pueden ir sembrando maíz y tabaco y frutos menores que se lo tenemos que llevar a esa vieja pendeja cagacatres de Isabel, me cago en la hostia, que Fernando la tiene abandoná, y ahora hay que complacerla con esto y con aquello, siempre pidiendo, pidiendo, pidiendo, siempre dame más, quiero más, más, más, más, nunca está satisfecha con lo que tiene, si yo te digo, ese siempre ha sido el problema, hoy con las tarjetas de crédito y ayer con las colonias".

Pero bueno, entonces, Indira y Gayatri y Deepak y Vishnú y Gautama ahí se ponen trabaja que te trabaja, desde que sale el sol hasta el ocaso, y dale que es bueno, trabaja que te trabaja, los pobres, 'tos sudaos, a ellos que tanto les gustaba descansar en sus taparrabos bajo unas palmeras con unas piñas coladas y unos platanutres y unas parathas rellenas de pollo tandoori con arroz y lentejas y curry, y sodomitas, porque tú sabes que antes del cristianismo aquí todo el mundo en la suya y la tuya y la tuya y la tuya y la mía, por supuesto, todos con todos, sin ningún problema, pero entonces vino Ponce de León and next thing you know los caras pálidas los tienen trabajando debajo de la mesa, sin pagar impuestos, sin beneficios, y dale que dale, Indira y Gayatri y Deepak y Vishnú y Gautama peleándose entre sí, porque Indira cree que Gautama trabaja menos, y Deepak tiene celos de Gayatri, y Vishnú le robó el marido a Deepak, y Gayatri tiene más mangós para la merienda que los otros y no quiere compartir el yogur para hacer el lassi, y se miran mal, y se hacen mal de ojo, hasta que por fin Gautama estalla en un arco iris de sonidos musicales, y los calma a todos diciendo: "Hare Krishna, Hare Krishna, Krishna Krishna, Hare Hare. Hare Rama, Hare Rama, Rama Rama, Hare Hare. Hare Krishna, Hare Krishna, Krishna Krishna, Hare Hare. Hare Rama, Hare Rama, Rama Rama, Hare Hare. Hare Krishna, Hare Krishna, Krishna Krishna, Hare Hare. Hare Rama, Hare Rama, Rama Rama, Hare Hare".

Y ahí como que se tranquilizan y entonces sale el cacique máximo de los taínos, Su Divina Gracia A. C. Bhaktivedanta Swami Prabhupada, y les dice: "Mis queridos indios, llevo varios meses de negociaciones con mi buen socio fray Bartolomé de las Casas y Bartolo y yo hemos resuelto que esto aquí no es para ustedes, la verdad es que no está funcionando. Y Bartolo me cuenta que hay otra gente que lo puede hacer mejor y que están locos por venirse pa'cá".

Y fue así que empezó la trata negrera, porque entonces empezaron a meter a toda esta gente de África en los barcos, bien apretaos, y eso sí que fue feo, y se morían muchos, pero llegaron bastantes, y de repente esto aquí se empezó a llenar de congos y carabalíes y dingas y mandingas, y llegó Tembandumba de la Quimbamba, rumba, macumba, candombe, bámbula, entre dos filas de negras caras, y llegó en el fondo del caño hay un negrito llamado Melodía y llegó la agüela que ¿aonde ejtá? Y entonces Isabelo Zenón Cruz descubrió a Narciso mirándose el trasero y dijo, "¡Ea rayo, qué caderamen!" anticipando el célebre anuncio de coolant Amalie de la Chacón, con el que Rodríguez Juliá se ha masturbado tantas veces y entonces, Awilda Sterling sacó a Javier Cardona a bailar una plena de Cortijo, y Ruth Fernández cantó y declamó con Juan Boria, y los vejigantes a la boya, pan y cebolla, todos bailaron reggaetón con Don Omar y Daddy Yankee y Tego Calderón e Ivy Queen y Wisin y Yandel y Héctor y Tito, especialmente "Tigresa" que es mi favorita, pero no con Calle 13, porque son unos blanquitos, aunque están de lo más monos, bueno, está bien, con Calle 13 también, y entonces Mayra Santos declaró su amor incestuoso por su abuela en un poema de lo más bonito y Welmo rapeó en honor a Barrio Obrero y Maripily hizo de las suyas con y sin Roberto Alomar y ahí los indios taínos Indira y Gayatri y Deepak y Vishnú y Gautama abandonaron los papadam de casabe y se entregaron al funche y a las alcapurrias y a los pasteles y a la feijoada brasileña y a los collard greens y a los black-eyed peas y al corn bread y al pollo frito, pero por supuesto, sufriendo bastante al ver la manera en que trataban a Shamiqua y a Jamal y a Mohammed y a Zumbí y a Esteban Montejo, porque la verdad es que los trataron bastante pero que bastante mal, "hazme esto, hazme aquello, plánchame esto, córtame esa caña, dale vuelta a ese trapiche, cuídame las vacas, cárgame ese saco de azúcar, quémame ese pastizal, dale teta al bebé, abre las piernas, mámame la pinga, ponte ahí que te voy a quemar esta letra en la nalga, ahora sí que fue, te jodiste, ¿te crees que puedes ser un vago? Pues ahora aprende lo que es bueno en lo que te azoto cien veces con este látigo". Y lo único de bueno, si acaso se puede decir que era bueno, es que, pues, como eran tantos hombres, 'tos apiñaos en los barracones y no había mujeres, pues, se daban ciertas libertades, algunos, por supuesto, no todos, y acabaron unos cuantos de parejita, como bien le contó Esteban Montejo a Miguel Barniz, digo, Barnet, antes de que Tomás Fernández Robaina se volviera Tomasito La Goyesca y de que Reinaldo Arenas saliera por Mariel.

Y así pasaron los años hasta que en Haití, Makandal y Toussaint Louverture se alzaron y acabaron con to eso y entonces ahí 'tos los criollos y los peninsulares cogieron miedo, "Dios mío, los gringos ya declararon la independencia y los franceses cantaron 'Allons enfants de la Patrie' y declararon la igualdad y la fraternidad y qué sé yo qué más y ahora los haitianos se creen que son gente" y entonces tienes que si los palenques y los cimarrones, todo el mundo cogiendo pa su lao, y entonces, pues tráeme más de África que no me da con los que tengo, y ahí siguen trayendo, más y más y más, y por ahí se les coló la santería y el candomblé y el vodú y el palo monte y los ñáñigos y de repente Cuba y Brasil y el sur de los Estados Unidos ya están casi todos negros, y Puerto Rico no se queda atrás, y entonces los gringos se inventan una guerra civil, y ya pa aquel entonces Simón Bolívar ya había hecho su cosa con San Martín y O'Higgins, y acá todo el mundo en la suya, y fuáquiti. Y así se acabó la esclavitud. O sea, primero vinieron los abolicionistas y Segundo Ruiz Belvis y Betances por aquí y Domingo del Monte por allá, y Plácido escribiendo, bueno, en resumidas cuentas, que fueron muchos los que cooperaron porque en la unión está la fuerza. Y así fue que salieron las tres raíces y los cuatro pisos. Con toa esa gente. Y después vinieron los chinos y los árabes. Y entonces tenemos en Cuba, pues a Antonio Maceo que le metió palo a los españoles. Y después llegaron los gringos, por supuesto, que también querían postre: tembleque, flan, coquito, isla flotante, bienmesabe, tirijala, gofio. Bueno, gofio no. Pirulí con ajonjolí. Límber. Piragua. Tres leches. Cuatro leches, que tiene condensá, homogenizá, pasteurizá, evaporá y además, dulce de leche por encima. Los gringos estaban cansaos del apple pie con vanilla ice cream, o sea, apple pie à la mode, querían pastelillitos de guayaba, quesitos con guayaba, casquitos de guayaba, pasta de guayaba, jalea de guayaba, néctar de guayaba, guayaba fresca con queso del país, por eso se vieron en la necesidad de invadir a Puerto Rico, Cuba, las Filipinas y Guam, todo por la maldita guayaba, es que allá no se da. Y las peras y los melocotones son buenos, pero uno se cansa, a la verdad, es bueno tener variedad. Pregúntenle a Carmen Miranda y a la United Fruit Company. Y hablando de frutas, ¿ustedes sabían que allá a los patos les dicen frutas? ¿Y que no fue hasta el 1902, cuatro años después de la guerra, que se criminalizó por primera vez en Puerto Rico la sodomía masculina, o sea, el crimen contra natura? ¿Y que no la despenalizaron hasta el 2003 después de decirle a la Reverenda Margarita Sánchez de León que ella no podía sodomizar a nadie porque no tenía miembro viril? ¿Y que ahora los patos pueden chichar pero todavía no se pueden casar? Pero eso es harina de otro costal.

Y colorín colorado, este bello preludio se ha acabado. Pero no se me vayan ni se me muevan, porque este preludio es exactamente eso, un preludio, computarizado en boricua al estilo de Palés Matos, que hay que leerlo en una laptop Macintosh iBook azul y blanca cubierta de stickers de Hello Kitty por obligación, si no, no funciona. (Bueno, pueden tratar con un Kindle e-Reader o hasta con el Kindle Fire pero yo no garantizo nada.) Pues como dije, ahora es que la cosa se va a poner buena. Quédense tranquilos que ahora vamos a ver, ahora y sólo ahora es que empieza la verdadera función....

Abolición del pato (todo por la letra A)

a Aravind Enrique Adyanthaya

La figura alada salió de tras bastidores, vistiendo un delantal verde, sonando todo tipo de maracas, cascabeles y campanas y haciendo caras muy serias. Al terminar la incantación mágica, agarró dos muñecas de trapo que tenía sobre una tabla de planchar, y anunció lo siguiente, sin gran regodeo:

—La Dra. Rigoberta Quetzal, tocaya de la premio Nobel guatemalteca, doctora de química física, química orgánica, química inorgánica y biología molecular, rescatada de un templo Zen budista de Ann Arbor, Míchigan, donde la tenían a la venta por cincuenta centavos; la ñusta Isabel Chimpu Ocllo, princesa andina, hermana gemela y tocaya de la madre del Inca Garcilaso de la Vega y prima hermana de la reconocidísima cantante experimental Yma Sumac, y su pequeña hija Sara; y ésta, su servidora, Lola Lolamento Mentosán de San Germán, doctora, profesora, catedrática, nos complacemos en presentarles: *Abolición del pato (todo por la letra A)*.

Eso dijo. Y luego siguió, pero con más ansiedad:

—¡Andamos atrasás, atrasás, atrasás, es más, atascás, atorás, ciegas, sordas, mudas! No vemos ni oímos ni sentimos, algo nos tiene amarrás, no sabemos por qué. ¿Pero qué si de repente, por alguna extraña razón, viéramos? Viéramos y oyéramos y oliéramos y sintiéramos… ¿qué pasaría?

—¿Ñusta, veo o no veo?

—¡No sé! Pregúntale a la otra.

—Rigoberta, ¿veo o no veo?

—¡No sé! ¡Pregúntale al público!

—¿Veo o no veo? ¿Veo o no veo? ¡Veo, veo! ¡Qué veo, veo, coño! ¿Aquí nadie sabe jugar este juego?

—¿Qué ves? —por fin se atrevió a preguntarle el más bravo.

—Una cosita.

—¿Con qué letrecita?

—¡Con la letra A! —dijo, haciendo un gesto dramático con las manos—. ¡Adivinen!

—¡Alas! —dijo una nena que estaba sentada en la primera fila.

—¡Muy bien! A de atril, albaricoque, amarillo, almíbar, aguacate, ajenjo, ajonjolí, avión, automóvil, ataúd (porque a todos nos llega la hora…), ¡de azúcar! ¡Aleluya! ¡Alabao! ¡Abracadabra, patas de cabra! ¡Alto al paso! ¡Abran las puertas! ¡Abolición de la esclavitud en Puerto Rico! ¡Aplauso! ¡Aplaudan, la abolieron! —con lo que las muñecas aplaudieron muchísimo, emocionadas, chocando la una contra la otra.

—¿En qué año fue? ¿Cómo que nadie sabe? ¡Usted, señora, la de los espejuelos, la que tiene cara de estofona! Sí. ¡Exactamente! Señoras y señores, ¡en 1873! Una fecha que ningún puertorriqueño debe olvidar. ¡Aplausos! Mucho trabajo que nos costó…

Todos se miraron, un poco incrédulos, pero aplaudieron.

—La A es la A de abuso, abierto, abriéndose, apertura, atrapás en un pasado, arrastrando, agonía, alquimia, anagnórisis, ¡achú! Es la A de ateas, autobiográficas, abortás, las nenas adoptás de mami y papi, añoñás, almidonás —con lo que cogió a las pobres dos muñecas y se puso a planchar con ellas—alisás, adúlteras, aburridas amas de casa como Madame Bovary, alcohólicas, hijas de padre alcohólico, alcoholado Superior 70, angelitos negros —con lo que empezó a cantar: Pintor, nacido en mi tierra, ¡píntanos angelitos negros! Píntanoslos, angelitos de purificación en la calle del Cristo, a ver que vemos. A ver…

—Vemos la homosexualidad montada en bicicleta, en blanco y negro, que nos dice: "¡Cállate! ¡Cierra la boca! ¡Tú hablas demasiado!" —la pobre, gritando— "¿Qué rebolú es éste?"

—¡Tú eres un pato blanco con complejo racial!

—¡HIJO DE TRINIDAD BLANCO! ¡HIJO DE ASUNCIÓN! ¡Tú no eres actor, tú no sabes actuar, lo tuyo no es teatro! Que es una canción de La Lupe: "Puro teatro".

—Lo tuyo es llegar a San Germán en carro público —dijo entonces, señalando a alguien en el teatro.

—Lo tuyo es quedarte en el parador El Oasis al otro lado de la calle —vociferó, señalando a un pobre viejito que estaba medio dormido.

—Lo tuyo es decidir entre una obra de Mayra Santos en Casa Cruz de la Luna o el vía crucis de Viernes Santo en la plaza, porque Jesús y los soldados romanos estaban sin camisa, como película de Charlton Heston de Semana Santa —recriminó, apuntando con el dedo a una mujer.

—A nosotras nos gustan los detalles, a la verdad, ¡nos obsesionan! —le dijo entonces Lola en el oído a la ñusta—, un detalle como ¿con qué letra? ¿Cómo se llamaba ese muchacho que te susurró en la oreja esa noche en Junior's, la barra de patos en Santurce?

—¿El muchacho de Arecibo que vino en una 4x4?

—No, el muchacho de Hatillo que te dijo que se podían encontrar el día del Festival de las Máscaras en frente de la iglesia al mediodía. Y mírate ahora... ¡te hizo el daño!

Y era verdad, pues la muñeca de trapo tenía una pequeña bebecita en sus brazos.

—¿Y qué? —respondió la ñusta—. A mí el qué dirán ni me va ni me viene. De algo me tiene que servir ser ñusta, que en mi lengua quiere decir princesa. Miren a mi pobre hermana: el daño se lo hizo un gachupín y acabó con el Inca Garcilaso de la Vega como hijo. Digan lo que digan, yo estoy contenta de ser madre. Para mí, mi hija Sara es un enorme consuelo, es quechua-boricua. Con la relación que mamará en la leche, nos traerá justicia a los pueblos de la sierra andina y del Caribe colonizado.

—Tener hija es bueno —aseveró Rigoberta, que también era de tela pero estaba un poquito más elaborada, siguiendo el gusto ladino guatemalteco—. Yo soy soltera y sin compromiso, libre como el viento, pero uno de estos días, ya tú verás, el día menos pensado, ya tendré a mi propia Rigobertita que me haga compañía y ahí me siento y le leo el Popol Wuj.

—Que así sea, mija, que la gran Pachamama te lo conceda —le dijo la ñusta, sonriente—. Tú sigue ahí en lo tuyo, a ver si te dan un premio Nobel a ti también. No dejes de ir a Machu Picchu y al Cerro Maravilla y a Tikal cuando puedas y les dejas unos regalitos a las huacas y a los cemíes. Pero algo que sí te voy a decir es ¡ten cuidado con los de Hatillo!

—¡Hatillo! —exclamó Rigoberta, con miedo.

—Hatillo… —asintió la ñusta, con una voz muy pero que muy seria.

—Hatillo se escribe con hache pero suena a A —interrumpió entonces Lola—, a A de árabe, almohada, alma, Antofagasta, Aibonito, Aramis, adelante, adondesea, adinerado, arruinada, ayuno eterno, ayudante, hacienda azucarera, hasta no verte Jesús mío. La hache es invisible, no suena en español. Es la hache de (H)amlet, de (h)ocico, de (h)amburguesa, que se vuelve en jambélguel con jota, porque si yo digo jambélguel no es con ninguna hache invisible, es con jota, con la jota de Javier come jambélguel todos los jueves para el jalmuelzo, y se jalta, él jala la puelta del Belguel King y se jalta de jambélguel con jamón y jamonilla, jalando, jalando, ¡jalda arriba, popular!

—Con A: ¡El misterio! El misterio radica en la letra A —dijo, haciendo una mueca abierta con la boca.

—¿Quién soy? Hago una letra con mi cuerpo: la letra A, la B, la O, la L, la I, la C, la I, la O, la N —y mientras iba diciendo las letras, movía sus brazos y su cuerpo, haciendo las más extrañas figuras posibles— la D, la E, la L —lanzándose al baile precoz, el cuerpo sin control, gozando— la P, la A, la T, la O.

—¿Qué dice? —le preguntó al público, que tímidamente respondió "¡Abolición del pato!" pero tan y tan bajito que haría falta tener el oído de la mujer biónica para oírlo.

—¡No se oye! —gritó Lola, efusiva.

—¡Abolición del pato! —dijeron, con un poquito más de ánimo.

—¡Más duro! —y de repente, las muñecas se convirtieron en cheerleaders.

—¡Dame una A! —y el público, ahora emocionado, gritó "A".

—¡Dame una B!

—"¡B!"

—¿Cómo se hace la letra A con un solo cuerpo? —dijo Lola, de repente bien académica, como si estuviese en un salón de clases.

—Yo necesito que vengan dos voluntarios y me ayuden a hacer la letra A.

Lola esperó un poco, pero como nadie se levantó, fue a donde uno bien grande y musculoso y le dijo:

—¡Tú! ¡Tú mismo! ¡Y tu novia! ¡Háganme la A!

Y como eran buena gente, le hicieron caso a la demente.

—Hay algo, hay algo, hay algo que nos lleva. Chilá chibó chilí chición chidel chipá chití chitó —dijo entonces, bailando entre los cuerpos de la joven pareja mientras despepitaba jerigonza.

—Pero no es al patito al que hay que abolir, ¡el pato es la abolición! ¡Aplauso! ¡Esto sí que es un público cooperador! Se pueden sentar ya.

De repente, Lola se puso las muñecas debajo del brazo, sobre el pecho, las dos, la mano sobre el corazón, y la ñusta dijo:

—A nosotras nos contaron que en Loíza, en las Fiestas de Santiago Apóstol, hay unos hombres que se visten de locas…

Y Rigoberta, que nunca tuvo pelos en la lengua, afirmó:

—A nosotras nos contaron que cuando las locas se visten de locas y van, las regañan.

—Quieren locas que no sean locas, sino machos de verdad —añadió la ñusta, haciéndole eco a la otra. Lola no se quedó atrás:

—Si nosotras fuéramos de Loíza, nosotras así tan blancas, ¡tan jinchas! ¿Jincha se escribe con hache o con jota? Pero nosotras no somos de Loíza, somos de Guatemala, del Cuzco y de Miramar.

Y de repente, una de las muñecas se convirtió en la mamá de Lola, y la doctora —vuelta un pequeño e inocente niño— le dijo:

—Mami, ¿por qué yo soy tan jincho? ¿Por qué nací tan blanco? Los nenes se burlan de mí. ¡Me dicen cano! ¿Por qué es que yo me quemo como un tomate? ¿Por qué me tengo que poner esa crema?

Lola se iba agitado más y más mientras hablaba, hasta que llegó a gritarle a su madre:

—¡No quiero ponerme esa crema! ¡No me gusta! ¡No me la pongas! ¿Por qué...? —mientras le iban bajando las lágrimas ante la faz inmutable de su progenitora. Pero ahí cambió y se puso seria de repente:

—Y si nosotras fuéramos locas, ¿con qué letra se escribiría nuestro nombre? ¿Con ele? Si yo siempre lo supe...

Y con eso Lola hizo la L con las muñecas, y pegó a recitar:

—L de Larry, de Lorenzo, de Lola Lolamento Mentosán, esta servidora, a sus órdenes, de lesbiana, de Licia, de Lucecita Benítez, la cantante, de Lorencita Ramírez de Arellano, la esposa de don Luis Ferré y mamá de Rosarito y de Antonio Luis, de Paul Laurence Dunbar, de Yves Saint Laurent, que en paz descanse, de San Lorenzo, de Lorenzo y Pepita, de Lawrence Ferlinghetti, de D. H. Lawrence, de T. E. Lawrence, o sea, de Lorenzo de Arabia, que era pato. De laurencio. ¡Laurencio!

Esta última referencia le interrumpió la enumeración y la hizo caer en un trance casi didáctico, como si el simple hecho de haber mencionado la substancia le hubiera hecho sentir una corriente eléctrica que le pasaba por todo el cuerpo.

—Somos un elemento metálico radioactivo creado artificialmente, de número atómico 103. Somos de los elementos transuránicos del grupo de los actínidos del sistema periódico. Fuimos descubiertas en 1961, en el Laboratorio Lawrence de Radiación de la Universidad de California. Bombardearon una mezcla de isótopos de californio con iones de boro para producir isótopos nuestros de corta vida.

Mientras hablaba, las muñecas demostraban el bombardeo, brincando para arriba y para abajo a lo loco.

—Nuestro isótopo más estable, con una vida media de unos tres minutos, tiene un número másico de 260. Sólo se han producido pequeñas cantidades de nosotras. No existimos. Somos artificiales. Sólo existimos por tres minutos. Soy un pato metálico, adoptado e invisible.

De repente, hubo una de esas pausas dolorosas, en las que se oye cualquier cosa. Pero Lola volvió a hablar:

—Nosotras somos de Fajardo.

—Yo no, yo soy serrana de noble abolengo incaico —le respondió la ñusta.

—Y yo soy huérfana de México o de Guatemala, qué sé yo —aclaró Rigoberta, a lo que Lola contestó:

—Okey, bueno, yo soy de Fajardo, es decir, mis padres biológicos. Yo nunca los he conocido, dicen que eran unos americanos de Fajardo o de Vieques o de las Islas Vírgenes, o al menos eso nos contó uno de mis primos...

—¿Cual primo? —le preguntó Rigoberta.

—¡No interrumpas, majadera!

—Como estaba diciendo, hace años me contaron que mis padres biológicos eran un médico y una enfermera gringa, que vinieron a Puerto Rico para tener el bebé, pero después mis papás me dijeron que esa no era yo, que esa era una de mis primas, no sé cual. Que la mamá mía andaba con un Maître d' de New Jersey, no con un médico.

—Menuda historia —exclamó la ñusta, pero no sabíamos si era sarcasmo lo que marcaba su voz, o tal vez un poco de humo de tabaco extraviado.

—¡Terrible...! —opinó Rigoberta.

—No, no es tan mala —aclaró Lola—. Fíjense, yo nací en el Hospital San Jorge de Santurce un diez de abril de Semana

Santa, Miércoles Santo para ser exacta, adivinen el año, y por eso soy cangrejera, y por eso me encomiendo a los santos, porque nací en San Juan con San Jorge y míranos ahora, en San Germán, que es casi lo mismo.

Lola se desbocó con una de sus risas de costumbre.

—¿Quieren que les haga el cuento de mi nombre?

—¡Sí! —exclamaron las muñecas, entusiastas como siempre.

—Pues es así. Yo soy la doctora Lola Lolamento Mentosán, señorita, soltera y sin compromiso, por si hay alguna persona en este respetado público que después quiera venir a compartir conmigo o a contarme sus cositas. Bueno, como estaba diciendo, lo de mi nombre: de Lola, lo lamento; de mento, Mentosán; de san, San Germán; de man, Manatí; de ti, tiburón; de ron, ron Don Q; de Q, cubo de agua; de agua, aguarrás; de ras, rabo de mono; de mono, monopolio; de polio, policía; de cía, se acabó. De bo, Boca Chica; de chica, Chicago; de cago, calzoncillo. ¿De qué estoy hablando? Yo estaba diciendo que la ele de Lola, de Larry, de Lorenzo, de Lorena Bobbitt, la que le cortó el ya tú sabes qué al marido… —dijo, señalándose su pubis angelical.

—Ah… —respondieron las traposas, en coro. Lola siguió:

—¿Qué hubiera pasado si nosotras hubiéramos empezado con otra letra que no fuera la A? Vamos a decir con la ve, la ve de vaca, porque yo sé que se llama uve pero yo le digo ve, para mí siempre será ve corta, que no es be larga, ve de vaca que no es be de burro.

Linda especulación, pero la doctora desafortunadamente decidió cambiar el tema.

—¿Cuál es la diferencia entre una vaca y un ascensor? ¿Alguien se la sabe? Ñusti, ¿tú te la sabes?

—No-o-o-o-o-o-o-o-o-o-o-o-o, en la época de la conquista del Tahuantinsuyo no teníamos ascensores —le respondió la ñusta, con su voz grave.

—¿Y tú, Rigobertiti? —le preguntó Lola a la otra, que le contestó, en voz chillona:

—Ese chistecititi no lo tenemos en Guatemala-la-la-la-la-la-la-la-la-la-la-la, es puertorriqueño.

—Ah, pues no se preocupen —Lola insistió—, que yo se la voy a explicar. ¡Pero no se pongan bravas conmigo!

Y con eso, Lola empezó, pero como castigo, iba agitando a las muñecas, quienes cooperaban haciendo gestos graciosos.

—La vaca es un animal. Los animales son brutos. Bruto mató al César.

(En esa parte, Rigoberta le dio unos cuantos cantazos a la pobre ñusta, o tal vez fue al revés.)

—El César no hizo nada. El que nada no se ahoga —decía Lola, moviendo a la ñusta como si la pobre estuviera en Luquillo en un día de malas oleadas.

—El que se ahoga es porque tiene la sangre pesada. Pesada se divide en dos partes: pez, que es un animal acuático —Rigoberta se movía cual pececito en el agua—, y Ada, que es una diosa de la mitología griega que descarriló el tren que venía de la mina. De la mina se saca el oro. Con el oro se hacen los anillos. Los anillos se ponen en los dedos. En los dedos hay uñas. En las uñas hay sucio. En el sucio hay piojos. Piojo se divide en dos partes: pi (Π), que es una ecuación matemática que equivale a 3.1416, y ojo que te deja ver, que te deja ver… ¡que una vaca no se parece en nada a un ascensor!

—¡Qué esto aquí es un universo! —gritó Rigoberta, mareada de todo el ajetreo.

—¡Qué nosotras no estamos aquí! —añadió la pobre ñusta.

—Es decir, si estamos aquí, es por obra y gracia divina de alguien que se llama A —proclamó Lola, para que todas vociferaran en voz alta:

—¡Por doña Angelita Ramírez, la mamá de Aravind Enrique Adyanthaya, la patrocinadora de la Casa Cruz de la Luna! ¡Un fuerte aplauso!

Y la gente aplaudió, y mucho, y doña Angelita, que estaba parada cerca de la puerta, asintió, moviendo levemente la cabeza.

—¿Aquí hay alguien cuyo nombre comience con la letra A, además de doña Angelita? —preguntó Lola—. No tengan miedo, ¡identifíquense!

Ahí que uno levantó la mano y dijo "¡Alfredo, a sus órdenes!"

—Muchas gracias, Alfredo, muy gentil. Así se llamaba mi abuelo, Alfred Aloysius La Fountain, y mi tío el segundo y mi primo hermano el tercero.

—¡Aurora de la Rosa Rodríguez, viuda de Giménez, de Mayagüez, Puerto Rico! —dijo entonces una señora muy anciana con la cabeza tapada con un paño, que estaba sentada en la parte de atrás.

—¡Mamá! ¡Qué sorpresa!

—¡Vine a verte! —le respondió.

(Aurora no era su madre sino su difunta bisabuela, pero todos le decían mamá.)

Conmovida, Lola siguió dando vueltas y de repente anunció:

—Por muchas personas llamadas A: Anacleto, Anacreonte, Alcibíades, Aristóteles, Aristófanes, Alfredo, Alicia, Altagracia, Aurora, Adriana, Adalberto, Abel, Arcadio, Ángel, Ángeles, Antón, Antonia, A…. —dijo, dejando la boca abierta.

Y tras una cortísima pausa (pero que podía haber durado varios días, quién sabe), Lola empezó a cantar en voz bien bajita, acompañada por las muñecas, en coro: "Padre San Antonio, ¡mi devoto eres! Padre San Antonio, mi devoto eres". Pero de repente, le cambió la cara a Lola, distorsionándose y volviéndose el rostro de un ogro feliz, como Shrek: "Llévame a la gloria mañana a las nueve. ¡Llévame a la gloria mañana a las nueve!" —y con una voz fañosa— "¡Mañana a las nueve, que no hay quien lo dude, que por el espacio, caminan las nubes!"

Las muñecas estaban cansadas de que Lola se robara el show, y Rigoberta decidió hacerle competencia, cantando un solo con su mejor voz operística, forzando que las notas musicales subieran entre los recovecos y las telarañas del caserón de madera:

—¡Mañana a las nueve, que no hay quien lo dude, que por el espacio, caminan las nubes!

El público, conmovido, rompió en aplausos. A Lola le dio un poco de envidia, pero se superó, porque ahora le tocaba a las muñecas caminar sobre la tabla de planchar y por encima de todos los instrumentos musicales que allí había, en lo que Lola cantaba con voz de gringo:

—¡Domingo a la una mandé una promesa! ¡Domingo a la una mandé una promesa!

Y ahí la ñusta rompió, con voz y ritmo de rapero:

—¡Y la estoy pagando, para no deberla! ¡Y la estoy pagando, para no deberla!

Lola, apoderada por el espíritu del rock and roll, moviendo marcadamente la cabeza y su cuerpo, se agitaba en cantar:

—Para no deberla, que no hay quien lo dude, que por el espacio caminan las nubes.

Pero de repente se quedó sin voz, y lo único que vimos fueron sus labios mudos, de donde no salía ningún sonido:

("Para no deberla, que no hay quien lo dude, que por el espacio, caminan las nubes".)

Parece que se recompuso, porque enseguida, con voz de loca partida, se le oyó:

—De la iglesia sale una mariposa —y las muñecas revoloteaban por el cielo.

—De la iglesia sale una mariposa.

Pero ya sabemos lo que les pasa a las locas en este país— no se hicieron esperar los gritos de los pentecostales, aunque tal vez eran católicos carismáticos:

—¡Es María la Virgen que es la más hermosa! ¡Es María la Virgen que es la más hermosa! —con baba y todo, que le caía de las bembas colorás.

El público se conmovió y se puso a cantar también, mientras las muñecas paseaban por la tabla de planchar y Lola le daba al chéquere y a las maracas:

—¡Qué es la más hermosa, que no hay quien lo dude, que por el espacio, caminan las nubes! Qué es la más hermosa, que no hay quien lo dude, que por el espacio, caminan las nubes…

El gringo súbitamente regresó:

—Al salir de misa se apaga una vela —y ahí Lola le sopló en la cabecita a la ñusta.

—Al salir de misa, se apaga una vela —y ahí Rigoberta sintió un frío por la nuca.

Y un nene retardado:

—¡Eran los ojitos de la Magdalena! ¡Eran los ojitos de la Magdalena!

Lola, fañosa, bailando salsa:

—¡De la Magdalena, que no hay quien lo dude, que por el espacio, caminan las nubes!

Y la ñusta, de repente invocando musas perdidas, milenarias, viajes transatlánticos, óperas y duendes del cante jondo, súbitamente se soltó una voz desgarradora, del fondo de su cuerpecito, de lo más profundo de la tierra y del universo:

—¡De la Magdale-e-e-e-e-e-e-e-n-n-n-a-a-a-a-a-a-a-a-a-a-a-a-a-a, que no hay quien lo dude! Que por el espa-a-a-a-a-a-a-a-a-a-a-a-a-a-a-a-a-a-a-a-a-a-a-a-a-a-a-a-a-a-a-a-a-a-a-a-a-a-a-a-a-a-a-a-a-a-cio, caminan las un-u-u-u-u-u-u-u-u-u-u-u-b-e-e-e-e-e-e-e-e-e-e-e-e-e-e-e-e-e-e-e-s…

Y mientras se oía su voz divina, las muñecas volaban delicadamente por el aire sujetadas por Lola, mientras ésta se desplomaba lentamente cual ninfa herida por la flecha de un fauno hambriento, errando en su mira. Lola lucía agotada, pero de un lugar misterioso sacó las fuerzas para decir, en una voz casi transparente:

Es por San Antonio y San Lorenzo y San Juan,
Por San Germán y Santurce y Santo Tomás,
Por San Diego y San Francisco y San Martín,
Por el Cristo Negro y la Virgen Negra de Regla,
Por un peregrinaje,
camino de Roma a Santiago de Compostela,
de San Juan a La Meca y Medina,

de Lima al Cuzco, ombligo del Tahuantinsuyo,
de Aztlán hasta la China,
de África hasta Antártica,
de São Paulo al corazón del Amazonas,
de Alaska a la Patagonia,
de La Romana a Islamabad,
de la mugre hasta lo divino,
de los misterios gozosos a los dolorosos,
de Lunes Santo a Viernes Santo,
de enero a diciembre,
de punta a punta,
de la A a la zeta.

Y con eso, se paró, con una muñeca en cada mano, y empezó una mágica incantación del abecedario, con su voz de predicador:
—¡Abre barriga, conciencia dedo!
Y con voz seductora de mujer:
—Epifanía fregado galardón, homenajeado insulto.
Y con voz expresiva de político populista buscando apoyo:
—¡Jamás kiosco lambiendo muñeco!
Y de maestra dando dictado:
—¡Níspero! Ene. I. Ese. Pe. E. Erre. O. ¡Ñame! Eñe. A. Eme. E.
Y de nene chiquito:
—¡Oreja!
Y de nena:
—Pato, quiste.
Y de payaso:
—¡Retrato, sándwich, tatarabuela!
Y de cura dando misa en latín, cantando y haciendo la señal de la cruz:
—¡U-u-u-u-u-v-a-a-a-a! ¡Viole-e-e-e-e-e-t-a-a-a-a-a-a!
Y de persona resignada:
—Welfare.
Y de músico:

—Xilófono.
Y un murmullo:
—Yema.
Y un silencio:
—Zen.

Hubo un momentito de calma, y entonces empezó la función de títeres con las dos muñecas sobre la tabla de planchar:

—Con una navajita Gem salió de Hormigueros Loca la de la locura… —dijo la ñusta.

—Pero mi abuela era de Mayagüez y salió por el terremoto de 1918 —le respondió Rigoberta.

—¡Por San Fermín!

—Por un terremoto se fueron del oeste a la capital.

—Por un terremoto que metió el agua del mar en la plaza de la ciudad.

—Un terremoto que hizo añicos a los Giménez. Giménez con G de nuestra familia tuvo esclavos —dijo Lola, pero en realidad era la voz de su mamá.

—¿Y por qué tú me cuentas eso, mami?

—Porque a ellos les gustaba ser esclavos.

—¿Cómo?

—Después de la abolición, se quisieron quedar trabajando en la casa.

Y ahora qué, ¿voy a pelear con mi mamá de setenta y cinco años?

¿Voy a decirle que esto es un horror?

¿Que no hay mayor disparate sobre la tierra?

¿Que por menores ofensas nos ganamos el infierno?

¿Que con disculpas no basta?

¿Con qué letrecita?

Con la letra A.

¡Alabao!

¡Alabanza!

¡Algarrobo!

¡Aguas Buenas!
Habíamos dicho.
Haciendo punto en otro son.
Alarma.
Ay bendito.
Aché.
¿Ahora qué?

Las letras no dan.
No hay suficientes letras.
Alingües.
Afónicas.
Afásicas.
Algo que suena a excusa, que no tiene que ver con palabras.
—A —y dejó la boca abierta.
Y de repente, gritó, como si fuese el gruñido de un animal herido:
—A-A-A-A-A-A-A-A-A-A-A-A-A-A-A-A-A-A-A-A-A-A-A- A-A…. —hasta que se quedó completamente sin aire, asfixiá, boquiabierta, roja o tal vez blanca como la muerte.
—bolición del pato.
No hacía falta explicar nada. ¿Quién iba a decir algo después de todo eso? Pero entonces ocurrió la cosa más extraña. Lola se recompuso, y como si nada, dijo:
—Guárdenmelo todo y saquen un bolígrafo, que ahora tienen el quiz. Muchas gracias, que es todo por hoy. Cuando acaben, se pueden ir.

Nombre: _______________________________

Fecha: _______________________________

HISTORIA DE PUERTO RICO
Prof. Dra. Lola Lolamento Mentosán de San Germán, Ph.D.
Ayudantes de cátedra: Dra. Rigoberta Quetzal, Ph.D., y la ñusta Isabel Chimpu Ocllo

QUIZ UNIVERSAL PARA TODAS LAS PERSONAS QUE ASISTAN A LA ABOLICIÓN DEL PATO

Por favor contesten TODAS las preguntas. Si no saben la respuesta, adivinen. No quiero que nadie me devuelva el quiz sin contestar todas las preguntas. Si no responden a TODAS, van a fracasar este quiz. Por favor escriban la respuesta CLARAMENTE usando un bolígrafo negro o azul. No quiero lápices ni tinta de colores excepto negro o azul. No usen Liquid Paper. Si se equivocan, tachen de manera sencilla con una línea. No hagan revoluces en el papel. No arranquen pedacitos del quiz para masticar como merienda. No le peguen chicle al quiz. ESTÁ TERMINANTEMENTE PROHIBIDO COPIARSE. EL QUE HAGA PILLERÍA SUFRIRÁ LAS CONSECUENCIAS DE MI RABIA DESPIADADA. YO CREO EN EL CASTIGO A FUETE LIMPIO. MIS ASISTENTAS TAMBIÉN.

I. ESCOJA LA MEJOR CONTESTACIÓN

1. _________ ¿A qué se debe el atraso espiritual de la Dra. Lola Lolamento Mentosán de San Germán?

(a) Su familia la encerró en un clóset por varios meses cuando era nena y no le dieron agua de beber.
(b) El no saber cocinar le ha perjudicado mucho, especialmente la falta de dominio de los postres como el flan y el tembleque.
(c) Al discrimen y al prejuicio racial y a la esclavitud.
(d) Ninguna las anteriores.

2. _________ ¿En qué año fue el terremoto San Fermín de Mayagüez?

(a) 1898.
(b) 1918.
(c) 1952.
(d) 1986.

3. _________ ¿En qué año fue la abolición de la esclavitud en Puerto Rico?

(a) 1512.
(b) 1868.
(c) 1873.
(d) 1989.

4. __________ ¿Por qué exigió la Reverenda Margarita Sánchez de León que la arrestaran, según se explica en el "Preludio en boricua patas-atrás"?

(a) Porque quería investigar las condiciones de las cárceles de mujeres en Puerto Rico.
(b) Porque estaba aburrida y se le ocurrió que sería chévere.
(c) Porque quería denunciar y criticar la ley en contra de la sodomía.
(d) Porque quería visitar a la Dra. Lola Lolamento, que estaba encarcelada por el delito de ser demasiado bella.

5. __________ ¿En qué año se criminalizó la sodomía entre hombres en Puerto Rico?

(a) 1887 (el año terrible de los Compontes).
(b) 1868 (a raíz del Grito de Lares).
(c) 1898 (se lo inventaron los gringos).
(d) 1902 (se copiaron de California).

6. __________ ¿En qué año se criminalizó la sodomía entre mujeres en Puerto Rico?

(a) Nunca, porque las mujeres no sostienen relaciones sexuales entre sí.
(b) Desde el principio de la humanidad, poco después de que Eva saliera del Paraíso y de que Pandora abriera la caja.
(c) 1974, a raíz de la reforma del código penal.
(d) 2004, debido a la boda de J-Lo y Marc Anthony.

7. __________ ¿En qué año de despenalizó la sodomía en Puerto Rico?

(a) Todavía es un crimen.
(b) 2003.
(c) 1976.
(d) 1952.

8. __________ ¿Quién es el padre de Sara, la hija
de la ñusta Isabel Chimpu Ocllo?

(a) Johnny Ventura.
(b) Un hombre de Hatillo.
(c) Un hombre de Maricao.
(d) Gilbertito Santa Rosa.

9. __________ ¿Quién es el sobrino de la ñusta
Isabel Chimpu Ocllo?

(a) El Inca Garcilaso de la Vega.
(b) Fray Bartolomé de las Casas.
(c) Guamán Poma de Ayala.
(d) Fray Iñigo Abbad y Lasierra.

10. __________ ¿Dónde vivía Rigoberta Quetzal
antes de ser rescatada?

(a) En un manicomio en la Isla de Mona.
(b) En un orfanatorio en Santo Domingo.
(c) En un templo Zen budista de Ann Arbor,
Míchigan.
(d) En el sótano de Casa Cruz de la Luna, en San
Germán.

II. PAREO

1. ___ Aurora de la Rosa Rodríguez
2. ___ Isabel Chimpu Ocllo
3. ___ Rigoberta Quetzal
4. ___ Alfred Aloysius La Fountain
5. ___ Manuel Ramos Otero
6. ___ Dra. Angela Ramírez
7. ___ Aravind Enrique Adyanthaya
8. ___ Lorencita Ramírez de Arellano
9. ___ Lorenzo de Arabia
10. ___ Lola Lolamento Mentosán

(A) autor que nació en Manatí
(B) T. E. Lawrence
(C) cirujana plástica y mecenas de las artes
(D) madre de Rosario Ferré
(E) doctora de física química
(F) doctora soltera y sin compromiso
(G) princesa inca, madre de Sara
(H) abuelo de Lola
(I) bisabuela de Lola
(J) director de Casa Cruz de la Luna

III. PREGUNTAS DE DISCUSIÓN

Conteste en oraciones bien escritas, sin errores de ortografía o gramática.

1. ¿Quién es más bonita, talentosa y simpática: Lola Lolamento, Rigoberta Quetzal, o la ñusta Isabel Chimpu Ocllo? (Nota: no se permiten

empates.) (Otra nota: La respuesta correcta es Lola Lolamento. No se aceptan otras respuestas.)

2. ¿Qué va a ser Sara cuando sea grande?

3. ¿Qué va a hacer Lola después de la función? (En otras palabras, ¿a qué restaurante la piensa invitar usted? Ella come de todo.)

4. ¿Cuántas veces ha ido usted a la Casa Cruz de la Luna? ¿Cuándo piensa regresar?

5. Explique por qué San Germán es el municipio más bonito e interesante de Puerto Rico.

Dos historias para Paul

a Librada Hernández y Toni Espòsito

Dos perros ladran en la noche, uno a cada lado de San Antonio. Sophie se atolondra en su patio de casa vieja, verja grande y marquesina —las paredes sudan dramones de Tennessee Williams entre robustos árboles y gardenias olorosas a muerte— y Astro, el pobre, sordo, cagando dentro de la casa sobre los muebles. ¿Será que escucha, gracias a su sexto sentido? Dos dálmatas entre ciento y uno, pero sin vínculo auricular o resguardo, como el que evitó que los cachorros cayeran finalmente en las garras de la malévola Cruella de Vil. ¿Quién jamás oyó de un abrigo de piel de sabueso?

Los perros del barrio se alteran al vernos caminar. "¡Moros en la costa!" se dicen en sus misteriosas lenguas caninas. Somos los tres mosqueteros: dos caballeros danzantes (Ratón y Sophie) y una tortita de calabaza cubana (¿Picaflor?) que es tan dulce que el almíbar se le cristaliza en la nuca. Flor de Tortola, rosa de Uganda, pero ésta es una Filí-Melé pálida en su blancura de copo de nieve tropicalizada, directo desde Los Ángeles, sin interludio. Éste es un cuento de difíciles resonancias andinas (es más desértico, como Puno o la costa sur del Perú), lleno de perros con nombres de otros animales, pero es todo sobre mi amor al azar, un resumen de sexo, drogas y rock and roll. Si dos y dos son cuatro (más), cuatro y dos son seis, seis y dos son ocho y ocho, dieciséis (una ecuación infalible en su simpleza, abstracta pero concreta a la vez): dos bandas de rock; un moto; cero orgasmo (o tal vez muchos); el paraíso.

Todo comenzó una cálida noche de junio...

Al compás de una música tejana de lágrimas y vidrio molido, Sophie siente que ha entrado a *Boys Don't Cry*.

—Coño, no tengo I.D. —dice al ver a Ratón mostrando su licencia.

—Yo tampoco —añade Picaflor.

—Can I see some identification, please? —les dice el guardia sabueso a la perra puertorriqueña y a la flor cubana, pero le lloran y explican que son forasteros. Y las puertas se abren, como siempre, más como ésas de películas de vaqueros: cortas, hechas de tablitas de madera que se mueven solas con el viento. Y nos acercamos hacia Ratón y su amigo Conejo (Topo no consta aun) ¡y qué alegría de vernos! Todos ladran o hacen sus sonidos propios. La noche está tan linda, colmada de estrellas en un patio interior y la luna brilla como nunca. Orbe completa, segura esperanza de redención de esas baratitas que no te da la sabiduría pero que gustan por igual. "Más sabe el diablo por viejo que por diablo", dijo una cachorra sabia alguna vez.

—¿Quieren un trago?

Sophie y Ratón van a buscar margaritas contra la calor— ¡una flor de tanta sabrosura!—y esperan en fila detrás de dos dóberman, loquitas too much con sombreros tejanos y attitude de aquí hasta Nueva York.

—Pero mire usted...

—¿Qué pasa, Sophie? —le pregunta Ratón.

—¿Pero quiénes se han creído?

—¿De qué hablas?

Ratón no les ha estado prestando atención a los dóberman y por eso no entiende.

Y en eso, se multiplican los canes. Es el remolino crucial—de vuelta al núcleo familiar con sus ricos tragos, hay tres perros en vez de dos.

—¿Y quién eres tú? —ladra Sophie, preguntándose en voz alta sobre el rubio alto al lado de Conejo y Picaflor.

Astro la trata de ignorar, pero ya es demasiado tarde.

—¿Y quién eres tú? —repite, insistentemente.

El ojo que mira lo ve todo. Ya le leyó la vida por delante, si Astro, mi perro dálmata, ya no hay quien lo salve, Astro es mío (al menos por este ratito).

—¡Váyanse! ¡No ven que quiero estar solo! —piensa Astro, pero como nadie aquí lee mentes, pasa desapercibido su pedido, cae en oídos sordos como pito de perro entre humanos.

Así comienza la historia de Astro y Sophie un miércoles por la noche en Tycoon Flats, nocturno deambular por un patio interior amurallado, la esperanza del alma en búsqueda mística por Dios, al oír el dulce compás de una guitarra triste, triste, pero no más triste que esa voz en la distancia que te arrulla, un largo aullido de ultramar.

Astro y Sophie son dos perros que nunca se han visto, somos él y yo, perdidos en el espacio de Texas, son los dos perros en el patio de Paul. Pero la noche es joven todavía, la vida es joven, si se piensa bien; todo es joven entre nosotros dos.

Voy a empezar al revés, porque no sé por donde terminar. Se van a acostar, ya lo sé, en un enredo tan raro y bizantino que por poco no se da. Pero eso qué importa. ¿Quién garantiza la supervivencia de la raza? ¿Astro nació sordo, o se volvió sordo como tantos dálmatas al llegar a la madurez? ¿Cagó siempre sobre los muebles, o sólo a partir de la muerte de su compañero canino inseparable? "¿Por qué son sordos tantos dálmatas?" se pregunta pero sabe la respuesta ya de antemano. ¿Y por qué Sophie ladra tanto?

Como todo en la vida, siempre hay dos historias: la mía y la de él; pero es que esa no la sé. No sé si la sabré jamás. Todo depende de si me llama, un correíto electrónico, un beso en la frente en alta mar, un sueño antes del amanecer al compás de un radio despertador sintonizado en La Nueva Amor 93.1 FM. Porque eso es lo que yo busco, un nuevo amor, a ver quién me lo ofrece, quién se gana este guanime de azúcar y melaza que llevo dentro tan apretadito que se desboca por doquier, como esas galletitas en forma de hueso que nos compran los humanos.

Siempre hay dos historias: la que todos vieron y la que yo sé, la que vengo cargando desde antes. El misterio radica en cómo se entrelazan, en el cruce aleatorio de unas consecuencias vitales tan lindas. ¿Cuál contar? ¿Por dónde empezar? Éstas no son las dos historias del Ramos Otero que nunca conocí; este es mi Paul. El mío no lo comparto con nadie pero es mentira, un beso al aire vaga desde Nueva Jersey hasta Texas en vuelo directo, sin escala, con riesgo de que se pierda por cualquier parte y de que cualquiera lo reclame como suyo, y en ese caso, ¿qué voy a decir? Esta es la historia (otra vez) de un viaje, una Revista Chicano-Riqueña lista para explotar. Este es un amor generoso, abierto a quien lo quiera compartir que se sirva un ñaqui y se lo goce con nosotros.

Y por ese camino va la historia de la droga porque yo como que quiero ir al grano, nada de regodeos, paréntesis o digresiones, que para eso están los gatos. Al americano lo vuelve loco ese mal hábito boricua, por eso yo me entrego de pecho a esta historia de conejos, ratones y perros y les digo que en la playa del lago no pasó nada pero esto es todo sobre playas, y a eso voy: una historia de pescados y cangrejos, de jueyes y croabas. Dime tú, un hijo perro de Yemayá vestido de rojo se cruza con un surfista vestido de azul—el perro del diablo. Sé que es difícil creerlo y por eso no espero su comprensión, pero ocurrió así, tal y como lo cuento.

—¿Quieres ir a mi casa a fumar pasto?

—Yo no sé fumar.

—Te enseño.

Y en eso, una mascarita del demonio que tiene en la pared se te abalanza encima, and next thing you know estás en su cama y te está mordiendo la cara y sabes que es verdad, todo es verdad, crees que esta noche mueres pero qué importa. Son dos perros, ya dije. Por ahí que alguien te vio montarte en su camioneta, llevan tres días viéndose y cuando ya habías llamado al taxi para irte a tu casa, ahí llega la invitación. El problema fundamental es esa falta de conversa canina, un vivir desapasionado que yo no sé de dónde se lo ha sacado pero que es una jodienda mayor, lo daña todo, y esto aquí lo ha resuelto Changó pero con unos malabarismos arquitectónicos que más parecen Ana Lydia Vega bailando salsa en patines que historia de amor. Pero de casualidades está hecha la vida, querido: el encuentro de Sophie y Astro, de noche, en su casa. Los perros nunca cogen mal.

Este es un cuento de nunca acabar. El perro del diablo te lame la cara y tú (¿tú? querrás decir yo) yo, el otro perro, o mejor dicho, la perra, toso, porque no sé fumar. No es por ser insistente o repetitivo, la monotonía es de lo peor. Toso (¿o será que ladro?) porque me pasa la pipa de agua y qué mal la estoy pasando, paradoja total, ¡si me gusta tanto!

—Do you want to smoke some pot in my house? —te (me) pregunta cuando merodean perdidos en búsqueda de tu cuarto mordisqueado, y tú (yo) le digo que sí. Es lindo, pues, ver que las perras se van entendiendo y ya hasta sintonizan en el mismo hueso escondido en un patio cerca del aeropuerto.

Pero ya se acabó. Creo que él se cansó y ya va en vías de olvidarme pero yo, por supuesto, estoy acá atado a la memoria de algo que pasó la semana pasada, y no me resigno a dejar de pensar en él. Ya sé que tendré que escoger tarde o temprano. ¿Este cuento es sobre lo que pasó en Texas o sobre Nueva Jersey? ¿Sobre la vivencia o la memoria?

—¿De dónde eres?

—De un pueblito entre Corpus y San Antonio.

—¿Y qué haces?

—¿Además de ladrar y de proteger a mi amo? Pues de día trabajo en una oficina pero de noche coordino un espacio alternativo de las artes y paseo a mis dos dálmatas.

—¡Guau! ¡No lo puedo creer! —le confieso, emocionadísimo antes de arremeterme con la historia del próximo Kabildo del Arte—¡guau!—donde quiero vestirme de blanco—¡guau, guau!—y poner a Nayda a que me proyecte peliculitas Súper 8 encima de la ropa mientras ladro cuentos en voz alta.

—Este fin de semana tenemos tres eventos: mañana, el grupo de teatro infantil del Centro Guadalupe; el viernes, una serie de performas en la Galería Gallista; y el sábado, un concierto de rock. ¿Quieres venir? —pero la verdad es que no recuerdas si te hizo esa pregunta o si te la acabas de inventar, como que para darles continuidad a los parques de esta escritura, como por buscar un poco de Ken-L-Ration en una lata que ya está más que vacía, desértica.

¿Él te (me) invitó? ¿O fui yo que de inmediato me integré a la movida, agenda resuelta de fin de semana, escape seguro del plan familiar? Ando con perros maestros de español corrigiendo exámenes de nivel avanzado y yo loco por irme a merodear, a conocer mundo en esta tierra calurosa de nadie, terreno ocupado de México donde ahora ondean la monoestrellada tejana y la pecosa del Tío Sam. ¡Si cuando llegué al Aeropuerto Intercontinental George Bush de Houston me entraron escalofríos! ¿Será gato por liebre? ¿Qué hace toda esta gente aquí? ¡Si esto es México (Aztlán)!—me dije, indignado.

Vivo en Nueva Jersey y Texas es todo novedad. Recuerdo sólo las picadas de mosquito, las quemaduras de sol y el calor de un verano de hace mucho tiempo atrás, cuando tenía trece años y mi hermana y yo visitamos a mi tía en Houston. Nuestro tío estaba en Arabia Saudita en cuestiones de negocios, y a nosotros nos empaquetaron desde Puerto Rico hasta acá solitos, sin más escolta que el escuadrón de zorras azafatas y lobos pilotos que nos adoptaron. Pero Houston no es San Antonio, no Gran Dálmata. Aquí se palpa México lindo y querido por todas partes, hasta hay chihuahuas (es decir, chihuahueños) y por eso me gusta tanto.

Pero sin querer queriendo, mira tú, me he ido por la tangente, como dice Nayda. Volvamos al relato. ¡Me llamó hoy (viernes)! Ya sé que todo valió la pena. Llevamos desde el domingo separados, pero qué importa. Tengo un CD de The Mechanical Walking Robotboy y escucho su música, feliz. Este cuento va a tener un final bien bueno, aunque yo no sepa cual será. Y si no lo tiene, no importa. Todo es tan pasajero. Dos perros ladran en la noche, uno a cada lado de San Antonio. Upside down.

Tríptico (a la Marilyn Monroe o yo no sé qué)

Lindo empezar engañándolos a todos, pero ese no es mi estilo, al menos no el de hoy. Amerita volúmenes, pero aquí quién tiene tiempo para eso, con tanto lavado de ropa que hay que hacer, si no te pones a sacar la basura u otros miles de trastes que yo siempre me invento para no cocinar. Porque el trabajo de la mujer nunca acaba, y aún menos el de la profesora de escuela rural, como diría Gabriela Mistral (que Dios en su amparo y gloria la tenga). La historia de tres hombres, como anagrama o línea recta que cruza el tablero de un juego infantil de tic-tac-toe, el dedo gordo de mi pie que a grosso modo marca el lugar exacto en la página donde Colby me besó, si Garry es un espejismo que se desvanece, Ronaldo es la sombra que me acompaña noche y día. Et la voilà. La historia de tres hombres, pero eso ya lo dije y hoy no estamos de plácemes, hoy es día de hacer la compra y de lavar los platos y de esas cosas que no puedo hacer durante la semana, porque trabajo.

Porque habría que verse cómo se relaciona, si lo que pasa es que vivo en una ciudad recta, mi universo se extiende de manera ordenada en concatenación de eventos y la cuota mensual me agobia. El cansancio, eso es lo que yo vengo diciendo y mis coetáneos prefieren ignorar las señas, los avisos de que esto es un resquiebre permanente de ciertas expectativas. Por lo pronto. Entre hombres que cortejo, si yo no sé nada de nadie más, si yo no tengo amigos (sólo una amiga, pero de ella prefiero no hablar). Como bailar en medio vuelo, amarrada por alas de alambre que son dos sogas, y el telón es una luna y tu madre, Trisha Brown, allí encaramada en el Wexner Center haciendo piruetas en el aire.

—¡Querida! ¡Pero qué sorpresa! —se dice sola, en el bar, bebiendo una cerveza y mirando, hasta que él entra. Él, así con mayúscula y camiseta roja. Ese es Ronaldo y te saluda de inmediato, y como se parecía a Garry a lo lejos, no te sorprende, pero es diferente—te besa y da un abracito de lo más casual, y ni lo conoces. Y a Garry lo conociste todo de lo que se dice anoche, bueno, o al menos unas horitas, ¡y jamás te besó! Para que veas lo que son los hombres, tal plaga. Todos rubios y con mechones, sin barba, con barba, todo por engañarte, por hacerte sentir que eres la última Coca-Cola del desierto hasta que llega la hora de pagar la cuenta y ahí se desvanecen como Pedro por su casa. Si aquí, mija, hasta el refranero te lo cobran, ten cuidado que no caigas en esas sin saber, que nadie avisa pero después, de Guatemala a Guatepeor.

No revelo mi nombre porque eso es de autobiografías y confesiones con firma, si yo gozo aquí en el anonimato de un encuentro rapidito. Yo, amiga de todas y consejera de los muertos. De eso se trata este relato. De tres hombres y una víbora que vive en Chicago. Porque por acá por el Midwest, los espejismos son vanos y el sexo barato. ¡Mira que Johnny me lo dijo! (Perdónenme las indulgencias, digo, el gustazo de abarcar con un tiro el universo de un lado y del otro.) Tres hombres digo yo que he amado en este mes y esta es mi historia. Mi nombre se escribe con minúscula, porque guardo las otras letras para cosas del más allá, y hasta ahora, no he oído nada de la tumba. Pero ya vendrá un mensaje, yo no pierdo las esperanzas. Si yo soy humilde, sobre todo humilde, como que nací en Garden Hills, Puerto Rico, y en este mundo, nada se hace en vano, caballero.

Ay, si la cartera se me quedó en el trabajo y esta jodida pluma no escribe. ¿Y ahora qué hago? Si mis dedos no saben escribir más que con crayola y pañuelitos de encajes de Bruselas, como los que me dio mi abuelita. Pero dejémonos de jodiendas, que tengo un arroz guisándose en la cocina que se me va a quemar, y ese pollo en el horno no se va a cocinar solo, si no le das una ojeada cada tanto y le echas un poquito de caldo por encima, que se te quema, o queda seco como un saco de maguey. Entonces que andémosle, pues.

Llegué a estos parajes como en una de esas películas de vaqueros, a la antigua, a caballo, querido lector. Es decir, en carroza con caballos. Es decir, en avión con ángeles. Con lágrimas en los ojos, si la azafata dice "Welcome to Ohio" y a mí se me salieron las lágrimas. Por el polen, ¿o será por la alergia? Como una de esas pinturas que tiene dos compuertas, las abres y la nave espacial. Devota, yo enclaustrada en una catedral griega ortodoxa con murales de oro y de vidrio italiano, comiendo dulces árabes, digo mediterráneos. Porque no se trata de herir a nadie, si la gente anda a flor de piel y yo más que todas, ¿no ves que estoy recién llegada y ya la noche se me hace larga, larga, con motivos de velas y del son y otras confusiones de ese tipo? Si por acá, a la gente le encantan estos bochinches.

Entonces, en orden estrictamente cronológico: un sufrimiento, tu beso en mi boca despertó un ansia de yo no sé qué, y ahora cuando te miro a la cara me dan ganas de matarte, ¿no ves que me mentiste? ¿Y con qué necesidad, si yo no soy de las traicioneras? Porque la cabrona me cayó a besuquetazos en la discoteca pero después, te veo pero no te conozco. Y digo yo: ¿Qué necesidad hay para eso? ¿En la época en la que estamos? Si ya yo estoy que me monto en una nave espacial y esta loca haciéndose de la vista larga. Pues ya ves. Nunca confíes en los hombres altos (son todos—y sin excepción—unos granujas). Eso me lo dijo mi madre, mira, que ella lleva más de treinta años con uno—mi padre. Con eso te lo digo todo. Y ella sí que sabe. Como que es de Santiago de Cuba, y las mujeres de allí sí que saben, mi vida. Si no, pregúntale a cualquiera. Pero ojo—que yo soy boricua de pura cepa. Que si mi padre es gringo y mi madre cubana, ¿so what? Estoy hasta los ovarios con ese nacionalismo cultural, ni que esto fuera el Tercer Reich. Pero perdonen, es que se me suben las hormonas a la cabeza. Volvamos al tema que nos concierne. Mi marido se llama Soledad, y yo le prendo velas cada noche para que no me moleste mientras duermo. Soy huérfana de madre y padre y me criaron unos lobos salvajes. Y en mi última vida, fui astronauta y ayudante de Hércules y de Simbad el Marino. Y mi sobrepeso se lo debo todo al popcorn del cine Fine Arts de Miramar, es que le ponen algo raro a la mantequilla, yo creo que usan manteca de cerdo para ahorrar chavos y mira lo que me pasó. Pero bueno, esos son pormenores que a nadie le interesan más que a mi cura y a mi terapista Rosa Vásquez.

Que el cabrón de Colby me besó en una discoteca y cuando mi amiga Linda tuvo la cortesía de decirme que se iba, como para que yo no me quedara arrollá sin manera de llegar a mi casa, le pregunté su nombre (si es que nos besamos así a lo anónimo, porque así tiene más caché). Y la puta me dijo que era de Chicago (¡ves que hay una conexión!). La culpa la tiene el Partido Nuevo Progresista, al menos eso es como lo veo yo, con la cantaleta de la estadidad y de la venta de la telefónica. Y hasta que no dejen a la universidad sin un centavo, no van a descansar. Como Colby, ¿no ves que me dijo que era modelo y que tenía una sesión fotográfica el próximo día? Si yo lo invité a mi casa, y él me dijo: "Tú, mañana ni te vas a acordar de mi nombre". Y yo le dije: "Bueno, mijo, si no me das tu teléfono". Y él prometió que se iba a mudar a Columbus y hasta ahora es el día, si lo veo todos los días, si ese hombre me mintió despiadadamente. "Bueno que te pase por pendeja", estarán diciendo mis lectoras más crueles. Pero no hay puta que se merezca el trato que yo he recibido a manos de ese monstruo de la naturaleza. Pero prepárate—deja que yo aprenda a guiar, para que veas cómo lo voy a arrollar, aunque sea con un go-kart y una licencia de aprendizaje. Si yo ya guié una vez—claro, que todas las que iban en el carro estaban histéricas de los nervios, pero estos doce años sin guiar yo creo que me han servido de preparación física y mental para acercarme de nuevo al volante. Ahora más que nunca, que tengo planes de matar a alguien así, digamos, "accidentalmente". Pero por favor—¡no se lo digan a nadie!

Que esta loca llevó su carcacha de cuerpo al gimnasio y conoció a un hombre en las duchas, o mejor, en el sauna. ¡Pero se me olvidó decir que el modelo se bajó el zíper en la discoteca y me metió la mano en su monstruo! Para que veas qué chiquito es el mundo. Bueno, ajústense los cinturones, que ahí voy.

Suda que te suda, por favor, si aquí las máquinas son buenísimas, como para que estés de máquinas la vida entera, con muñequitos que se ejercitan a tu lado soñando en el día que serán parte del ejército del Tío Sam, si esto aquí es el corazón del imperio. Sí señor, corazón, que de esta tierra tan céntrica sale la masa, la coraza, el armazón del injerto nada poético que en afán de dominar el mundo se confunde, que ni sabe dónde está pero allá va en defensa de los valores patrios. Mis amigos y yo nos ejercitamos contentas de nueve a cinco con la música de la radio sonando.

Pues ese fue otro caso perdido, sólo que creo que me dejó un pequeño regalo de por vida: ¡herpes! Ya ves. Al menos no fue VIH. Si es que todos lo dicen, anda la enfermedad patisuelta. Y el hombre que no se precia… Pero yo me precio, lo que pasa es que una cae en sus debilidades, como Dios manda. Si Dios nos hubiera hecho perfectas, pues esto no pasaría. Ah, pero ahí vienen los de la Biblia y le echan la culpa a Eva, mira qué bonito, como si fuera así de fácil. O si no, que si los griegos y Pandora. Pues no, no es así, cada cual carga con su culpa y con su calvario y con su soledad (o sea, con mi marido, pero con mayúscula), si uno lo que quiere es un poquito de cariño, ¿es mucho pedir? ¿Es mucho querer que alguien te quiera como si estuvieran en una telenovela o en un cuento de hadas? ¿Es mucho soñar con un marido que no se llame Soledad aunque nunca lo tengas?

Pues el de la ducha, ese quería que en el mismísimo carro, camino a mi casa en el Short North. Ese de seguro que no vive por aquí y sabe Dios cómo se metió al gimnasio, ¿será para que me despidan? En plena calle, con lo conservadora que es esta ciudad. Y entonces te deja con un regalito que no se va. Ay, tanto que uno añora las cosas permanentes y resulta que lo único permanente es la jodienda de la enfermedad (bueno, al menos hasta que estos gringos se inventen algo, que ellos poco a poco le van encontrando la cura a todo, claro que te van a cobrar un ojo de la cara, y dime tú, ¿qué hago yo tuerta?).

Sí, el de la ducha era Garry. Así pelao. No tengo apellido porque entonces es más difícil encontrarme en la guía telefónica para partirme la cara, ¡si probablemente ni siquiera me llamo Garry! O Harry o Larry, qué más da. No tengo historia médica ni ninguna otra, lo que tengo es un cuerpo y un carro y una mirada con la que puedo seducir al primer pobre tonto que me pase por el lado, que sienta un leve deseo de soledad o un espasmo de potencialidad sexual. Así mismo, Garry, el engañador, si quieres te regalo herpes (o clamidia o gonorrea o sífilis o cualquier otra), mira que es de lo más chévere, un montón de gente lo tiene y ya vas a ver que a ti te gusta tenerlo también. Llámame al 1-800-GARRY69 que ya verás cómo te contesto tu llamada enseguida y en un dos por tres soy tuyo y tú eres mío y una noche inolvidable, olvídate, como ninguna otra, como le tendrás que explicar luego al médico y al imbécil estudiante de medicina que está haciendo sus rondas y no tiene la menor idea de cómo bregar con tacto con pacientes que tienen enfermedades venéreas por primera (o segunda o cuarta o decimoquinta) vez.

Con lo que vamos viendo que el único que se quedó cojo en este cuento es Ronaldo. Pero es que de Ronaldo yo ya escribí otro cuento, el de la mierda. Ronaldo es el carpintero que vivía con su novio en una casita de lo más mona por detrás del mejor bar, Havana, en la mismísima High Street. Pero yo creo que tenía algo malo en la cabeza, se la pasaba molestando a las mujeres, como aquel día que fui de tragos con varias amigas y no las dejaba de hostigar. Dios mío, pero quien lea esto, ¿qué impresión se va a llevar? Simple: cuidado con los hombres. Yo no soy así siempre. No vayan a Ohio, especialmente a Columbus. Todo lo bueno no siempre viene en paquetes de tres. ¿Quién escribió esto? La luna no es de queso, pero eso ya lo dijo ese gran autor puertorriqueño tan interesado en todo lo que tiene que ver con mi vida y con la homosexualidad: José Luis González, el que le mentó la madre a ya tú sabes quién y le cantó las glorias a Manuel Ramos Otero (not really!). No me hagan caso, que yo no sé de lo que hablo. Todo lo escrito es verdad hasta que alguien me pruebe lo contrario. Busco marido. Favor de comunicarse conmigo por e-mail. Tu amiga, Ann Landers.

Cuento de un padre y un hijo

Había una vez una familia en la que el hijo homosexual mató al padre alcohólico y luego el padre muerto mató al hijo. Los dos se mataron a la vez. O tal vez ninguno de los dos se mató. El uno muere porque el otro no vive. Vivir es estar muerto, esperando y temiendo el fin del otro. Cuando se muera el padre, la madre quedará sola, abandonada, a menos que ella muera antes, o que se vaya a vivir con uno de sus hijos o con otra persona, o que decida por una vez y por todas que puede vivir sola. Matarla sería una opción, para que el padre también muera. El padre depende en todo de la madre. La madre odia y ama al padre. Los hijos aman y odian al padre y a la madre, especialmente por amarlo. Todos mueren y entonces todo queda resuelto, excepto por las ánimas en pena. Y eso sí que sería triste.

En este cuento, el carro es rey. El padre guía a lo loco, como si estuviera en un carro de carreras. La madre histérica grita que no guíe tan rápido, pero el padre no choca, al menos no al principio. Los niños van aterrados en el asiento de atrás. En su temprana adultez, el padre corría carros de carreras con su primera esposa, que fue su novia de secundaria. El hijo y la madre no guían, fieles reflejos el uno del otro. La madre guiaba pero por alguna extraña razón dejó de hacerlo. La hermana adolescente más tarde chocará el carro repetidas veces. El padre pasará hora tras hora con sus autos, arreglando sus chatarras.

El padre fuma y bebe todas las noches al llegar del trabajo. A veces llega tarde, o se desaparece súbitamente y regresa ebrio, más ebrio que de costumbre. La madre se maldice, les da de comer a sus hijos y dice que va a esperar al marido para cenar. Mira televisión y fuma mientras aguarda y los hijos le preguntan que dónde está su padre. El padre se jubila, o mejor dicho, lo jubilan, y ahora siempre está en casa, hogareño y hacendoso, hasta que llega la noche y él aparece con su trago de ron y su cajetilla. A la madre le da enfisema y el padre deja de fumar por varios meses. La madre dice que no toca el cigarrillo pero hace años que lo hace, a las escondidas. La vecina se lo cuenta a los hijos.

El padre fue campeón de natación en la adolescencia y los hijos lo imitan. La hija quiere ser "daddy's girl" pero a la misma vez es la que más lo contradice y se le opone. El hijo no quiere hacer nada más que esconderse e irse, pero cuando se va, los extraña muchísimo. El padre le rompe la camisa vieja al hijo con tijeras porque dice que "ningún hijo mío se va a poner ropa usada". También le critica el pelo largo, desplazando su ansiedad sobre la nueva identidad sexual del nene. El hijo sale a caminar por la noche, sin saber a dónde va, cualquier cosa por alejarse del padre. La madre le pregunta al hijo que si es pato. El hijo tiene pesadillas constantes sobre el padre, sueños violentos en que lo mata de diferentes maneras. Se le van las pesadillas. Su tía, hermana del padre, es cariñosa y quiere a su sobrino. La tía se pelea con el padre. La tía mata al padre, o no, tal vez el padre mata a la tía. El padre se mata a sí mismo, borracho, en una carretera de Nueva Jersey, en la Ruta 1. El otro tío (que en paz descanse), hermano de la tía, llama al hijo y le dice que ha llamado a la policía para alertarles que el padre está amenazando con suicidarse. El padre se cae y se fractura cuatro costillas y tiene que regresar a Puerto Rico el próximo día. Se acaban las vacaciones de verano. El padre tiene setenta años y no va al entierro de su hermano. Tampoco fue al de su propia madre.

En este cuento, el padre es americano y va a Puerto Rico por primera vez a principio de los años sesenta, por motivos de trabajo, y conoce a la mamá y se casa con ella. En este cuento, el papá está divorciado y tiene tres hijos semiabandonados de su primer matrimonio, excepto por uno, que se va a Puerto Rico por un año pero no habla español. En este cuento, el hijo del segundo matrimonio es homosexual y la hija no lo es. En este cuento, todo duele y las personas insisten en evitar el dolor y tapar el cielo con la mano hasta que el hijo dice que no, hasta que la hermana se tira contra la pared, hasta que no quedan vasos ni platos sin romper y la casa se cae a los pedazos y las maderas se consumen en un fuego y el cemento se desintegra en arenas movedizas que se van tragando todas las fotos de los antepasados que están en la entrada de la casa. Y el arbolito de Navidad artificial es lo único que queda, con sus adornitos plásticos de Donald y Daisy Duck hechos de bolas de ping-pong. Y el microondas sigue calentando el café a pesar de que ya no queda nadie para bebérselo.

En este cuento, los padres no hacen más que hablar de lo orgullosos que se sienten sobre los grandes éxitos de sus hijos, excepto cuando creen que sus hijos fallan y entonces no hacen más que hablar de sus fracasos. El padre, como alcohólico, nunca termina lo que empieza. El padre es experto en olvidar lo que hace, especialmente si le causa dolor a otras personas. El padre americano se siente desorientado en Puerto Rico y se queja constantemente de los puertorriqueños y obliga a los hijos a hablarle en inglés todo el tiempo. Los hijos anhelan hablar en español y comer comida puertorriqueña. Al padre no le gusta el arroz, sólo quiere carne con papas. Al padre le gusta el ron y la bebida lo acriolliza, le saca la mancha de plátano. El alcohólico se aprovecha de la economía local y el ron es la bebida de preferencia a cinco dólares por botella. La madre diluye el ron con agua para que rinda más pero el hijo cree que esto no ayuda, pues el padre simplemente bebe más.

¿Cómo reconciliar el amor del hijo hacia el padre, y del padre hacia el hijo, dentro del marco del odio? El hijo odia al padre pero el padre no odia al hijo, el padre odia el universo y se odia a sí mismo y su enfermedad lo consume y le destruye las neuronas y le atrofia el cerebro y el padre ya no piensa, sólo siente emociones y necesidades. La madre ama al hijo y al padre y a su hija pero se ama más que nada a sí misma en su miedo de madre abandonada y sacrifica a sus hijos en el altar de su propio interés. La madre cocina los restos de los cuerpos descuartizados de sus hijos en la sangre del alcohol de su marido. Hija de alcohólico, esposa de alcohólico. Su hermana es la misma historia. Al menos este marido ha durado hasta los setenta años, el padre murió a los cincuenta y pocos, dejando a la abuela viuda. La abuela trabaja y resuelve de mil maneras y reparte a los cinco hijos por diferentes partes para resolver la crisis de su marido inútil. El abuelo alcohólico pierde todos los trabajos y la madre va a diecisiete escuelas antes de graduarse de secundaria. La madre vive entre Puerto Rico y Estados Unidos, yendo y viniendo en viajes de barco que la marean y luego en viajes de avión que duran mucho más que los de ahora. La madre es del inglés y del español, pero más del inglés, al menos en cuanto a la gramática. La madre va a cumplir setenta y cinco años; le lleva tres al marido.

El hijo de treinta y cinco no va a Puerto Rico hace más de doce meses. El hijo de veinte camina por la calle, rabioso. El hijo de veintiséis confronta al padre por primera vez y lo empuja y regresa a los Estados Unidos después de dos días en Puerto Rico, y se queda sin Navidades. El hijo de veintiséis regresa a Nueva York y se deja de su novio, que sufre de depresión. El hijo de veintiséis se quiere ir a México en guagua con su pasaporte y un cepillo de dientes. El hijo de veintiséis está al borde del colapso y una terapista boricua lo rescata del precipicio. Los padres no tienen la culpa de los problemas de los hijos, los padres son los problemas de los hijos, los hijos son carne y hueso de sus padres, pero este hijo es adoptado. El hijo adoptado quiere devolver a sus padres, renegar de ellos, pero es demasiado tarde. El hijo adoptado no quiere saber nada de sus padres biológicos porque ¿qué si son peores que los adoptivos? Ya con los que tiene le basta.

El hijo adoptado de veintisiete años participa en una revolución estudiantil y acaba en la cárcel el día de su vigésimo octavo cumpleaños porque quiere estudios étnicos y latinos en una universidad Ivy League de Nueva York. Su inocencia sorprende, pero los estudiantes son victoriosos y a los pocos años la universidad establece un centro de estudios étnicos y lo entrevistan para un posible trabajo allí.

Este cuento no tiene principio ni final, principio tal vez sí pero habría que remontarse a ciertos parajes remotos allá por el Canadá francés, ciertas partes abandonadas de España, ciertos lugares recónditos del África, cierto lugar indescifrable de la China, cierto libro mal catalogado en una biblioteca de Babel, cierto escondite en un árbol de algarrobo, cierta pepa, cierta semilla, cierta raíz. El secreto del alcoholismo del padre es la clave. La homosexualidad del hijo se pasa por la tortura de un padre y una madre y una hermana y varias tías y un padrino de bautismo que muere joven y una madrina que no deja de tener sus propios hijos en la pobreza y una escuela y un barrio y varios amiguitos y una universidad y un centro comercial, el más grande del Caribe, donde el hijo de dieciocho años hace tacos y burritos vestido con un uniforme de poliéster después de llegar al trabajo en guagua. La homosexualidad del alcoholismo es su marginalidad y su dolor. El alcohólico ama su botella y no hay quien los separe. El alcohólico sólo tiene redención si deja de beber. El marido de la tía es alcohólico que ya no bebe, y por consecuencia es un hombre más humano y más decente. El tío le pregunta que si en la relación homosexual, uno es el hombre y el otro es la mujer. El tío pierde la memoria de corto plazo como resultado de la anestesia durante una operación del corazón. El tío tiene ochenta y dos años y no va a morir hasta el 2011, a los noventa y uno.

El homosexual ve en su padre el reflejo del deseo, la cara del hombre que se afeita en el espejo y le enseña a afeitarse y anda por la casa sin camisa y por la vida el homosexual busca a su padre en otros hombres pero más que nada, fracasa. Digamos que este homosexual puertorriqueño adoptado, hijo de alcohólico, protagonista del cuento de un padre y un hijo que juega con el pelo de su padre cuando éste sale de la ducha, justo cuando lo van a acostar y le canta una canción de cuna en inglés, "Rock-a-Bye Baby". Porque ya habrá otros homosexuales puertorriqueños adoptados que vuelen de un pájaro las dos alas con sus novios cubanos y dominicanos y guatemaltecos que serán sus padres o sus hijos o sus iguales, encima y debajo y al lado, como en una canción de Celia Cruz sobre el pasaporte latinoamericano, puertorriqueños adoptados con novios gringos y europeos y africanos y vietnamitas o hasta boricuas, altos y flacos o gordos y grandes o pequeños, homosexuales que anden de la mano con sus padres y novios y maridos y hermanos y hermanas y madres y abuelas y tías. Imaginemos a un niño homosexual mirando a su padre. El alcohol es la seña de la violencia, del arrebato súbito, del rostro marcado de la madre, del terror. Por más que quiera, para el hijo, la familia es el infierno, con todo y que los quiere y los disfruta y les agradece su cariño. El hijo evita las parejas por miedo a ser como sus padres. El hijo no sabe otra forma de ser, y por eso su terapista boricua le enseña a superar su pasado. Su terapista sabe mucho sobre la dinámica de las familias de los alcohólicos pero no sabe mucho sobre ser maricón. Al hijo le hace falta otra terapista pero todavía no la ha encontrado.

El hijo no se mata, no mata a nadie, el padre no lo mata, aunque en realidad, el padre mata al hijo todos los días, poco a poco, cada hora lo mata un poco más. El padre va en su carro a las millas como si estuviera en una carrera, está en una carrera, tratando de llegar a una botella de ron, y el hijo está entre medio, es un peatón que cruza la calle. El padre atropella al hijo y se maldice en inglés y en español y culpa a los puertorriqueños que no saben manejar, culpa a su hijo por no saber cruzar la calle, lo castiga y no lo deja ir a la fiesta de cumpleaños de una de las Zamora que vive en el Montecielo, el condominio al lado de su casa en la calle Martí, porque cruzó la calle sin mirar. El hijo homosexual ahora siempre mira a ambos lados antes de cruzarse con otro hombre, persigue a su padre, busca su mirada en los ojos de los hombres que conoce y como les teme, sale corriendo. El hijo es y no es su padre y cada vez que el novio del hijo de veinticinco años se emborracha, el hijo no puede bregar y se deshace en sufrimientos. El hijo tiene treinta y cinco años, el padre setenta y uno. El hijo de ocho años escucha a su padre, borracho, que le repite noche tras noche las mismas historias, los sufrimientos de su vida, las dificultades de ser un niño mimado que lo tenía todo y luego lo perdió en miles de negocios mal hechos. El hijo quiere que el padre lo quiera, y por eso lo escucha, entre nubes de humo de cigarrillo que le provocan asma. El hijo tose por el resto de su vida.

El cuento no tiene final pero se acaba, inevitablemente, como todo en la vida. Mueren los dos y los entierran, al hijo en Nueva Jersey y al padre en Puerto Rico. No, al revés, transportan el cuerpo de cada uno al lugar donde nació y lo entierran en una cripta familiar. El alcohol homosexual los llora, y se derrama sobre sus tumbas solito, como ofrenda para los orishas. El alcohol no tiene sexo ni olor, lo que tiene es un espanto que se te sube por la nariz y te despierta, una fragancia que puede ser de vida o muerte. ¿El homosexual tiene alcohol? Dos vasos vacíos al lado de cada tumba se llenan de un polvo blanco misterioso. Tiene que ver con que el hijo es pato y el padre no lo entiende. Tiene que ver con que el padre solo amó, de todo corazón, el ron.

Abecedario litúrgico del Caribe
Primera parte del
Diccionario del amor y la paciencia

a Leticia, por supuesto, q.e.p.d.

A

adefesio. m. coloq. Fulminantemente prohibido el desempleo, el ingeniero se maquinaba un esfuerzo sobrenatural para atender las necesidades de todos los empleados. Se lo habían pedido muchas veces, pero él se resistía bajo todo concepto. No quería parecer un enclenque: para eso los otros idiotas que conocía, tantos que había en esa tierra de nadie, de pura perdición, de fábricas que no hacían nada, o lo hacían todo mal, de tercera calidad.

anatema. amb. Clara sufría su cáncer silenciosa, metafóricamente se podría decir, excepto que los efectos eran demasiado tangibles, como si la estuvieras viendo de frente, de imprevisto, vestida con una bata de gasa pura, transparente, de seda, tal vez, o sino del más fino algodón egipcio que jamás se vio por estos lares. Sudaba galones, todo el suero que penetraba sus venas volvía a encontrar su salida a través de los poros desérticos de mujer joven venida a menos. Parecía un oasis sin camellos; una alucinación. La marca de una cicatriz enorme, una madeja o caterva, todo en Nueva York, y su madre tan distante.

abstracto, —a. adj. Penetraba con la mirada el presentimiento de un ocaso, la tunda de un guardia de palito de cierta huelga universitaria de qué sé yo, algún año ya olvidado por todos menos el más incauto. Su vida era un enigma de la indecisión, y por eso la amaba tanto.

áureo, —a. adj. [silencio]

aéreo, **—a.** adj. El señor se levantaba por la mañana como si nada, como si su señora estuviera a su lado, pero sabe que no es verdad. Está hospitalizada, o tal vez muerta, ya no recuerda, gajes de la vejez. El tiempo lo va borrando todo, como reloj de arena en la playa a la merced de ciertas olas y de unas gaviotas muy sabias, por lo de antiguas. Los caracoles lo esperan. Hay un cobito que nunca sale a merodear a menos que sepa que viene don Petronilo, viudo de Petronelia, Condesa del Ayer. Sombra de Minita, mi maestra de piano. Parece un personaje argentino pero es de aquí como el coquí, de la generación de doña Alfonsina, madre de la cancerosa semidifunta.

algas. f. pl. Es verdad, todo es fugaz. Los niños le ruegan que salga de la caja pero él insiste en que no quiere, es más, que no puede. La caja es su universo.

ambivalencia. f. El hombre de negocios les habló de manera directa: "Me han pedido que discurra sobre los temas de la conferencia del martes pero les confieso que eso será imposible para mí, es decir, a menos que alguien me los pueda clarificar de antemano. La enfermedad no guarda misterios, soy plenamente de nuestros tiempos, un espíritu ilustrado por la sabiduría del conocimiento contemporáneo. Es más, me atrevo a decir que he invertido más tiempo y dinero que cualquier otra persona en esta sala en descifrar todo lo que pasó y ha pasado y pasará, porque es inevitable que las cosas cambien. Nada es inmutable, bien lo sé yo, que ya he visto tantos cambios en mi relativamente corta vida. Mientras más cambia, más se queda igual. Y podría seguir, pero prefiero descansar (por un rato, nomás), por lo de Puerto Rico, saben".

aguarrás. m. El dolor le penetraba hasta la masmédula, hasta lo más profundo. Le temía a las sillas de ruedas, algo por lo de que eran demasiado frías, estériles, como este ambiente de médicos y cirujanos y enfermeras ortopedas que vienen y pasan con sus bisturís y estetoscopios y pastillas multicolores, como si fueran un arco iris farmacológico en medio de Manhattan. Se lo quería tomar todo, con tal de olvidar este dolor, aunque su madre no aprobara. Quería que le volviera a crecer el pelo. No quería volver a ver una jeringuilla nunca más.

ave. f. De repente, llegó una loquita diciendo sandeces que más parecían cosas de zánganos perdidos tras la muerte inevitable de su reina. Pero era bueno verlo así, ansioso, iluminado, ilustrando los detalles de su traje en brocado azul con lentejuelas y destellos de marabú—como si fuera algo oriental, un parasol tomado de cierta producción operística: una Madama Butterfly criolla, cubana o caribeña, pasada por el París de Proust, de su famosa madeleine, hecha pastelillo de guayaba o mofongo relleno de butifarras.

B

bueno, —a. adj. Minita se abalanza sobre los pordioseros del teclado como si fueran soldaditos de marfil y ébano: un sueño infernal antes de los días de Hollywood technicolor. "Es así—me dice—que la gente rica se codea y va dejando caer una estela fugaz que después se disipa en la bruma". Yo no supe qué responder: me dejó atónito con su interpretación. "La música se sufre, no se siente", siguió insistiendo, pero yo seguía sumido en mi ignorancia. "Dile a tu mamá que vamos a subir la mensualidad de las clases a cuarenta dólares, porque todo se está poniendo más caro". Y yo seguía sin piano en mi casa, practicando al lado, en el garaje de Minita.

ballesta. f. La guerra se aproxima siempre, pero a veces se desconoce quién es el verdadero enemigo.

baleáricas. f. pl. Nada mejor, o más tierno que el leve dejo que tenía en la voz; la sombra de cierto antepasado chino que llegó al Caribe tras miles de peripecias y vejámenes. Nada como un buen trago de café, o melcocha, o melaza derretida en un cono de papel, como si fuera una piragua de ron congelado en las cumbres de los Andes, o tal vez por pingüinos en Antártica.

butifarra. f. Gritaba incesantemente, con cierto jadeo que más se aproximaba al orgasmo, al clímax sensual, a cierto crimen de pasión imaginaria, de esa noche en que mató a su marido por envidia, por ejemplo, con todo y que era soltera. Y ahora la enfermedad le parecía un castigo divino, retribución por robar el fuego de los dioses y reírse de su madre en su juventud. Y ahora ella también era madre, pero de la sombra y del silencio.

C

cardo. m. Cuba se escribe en letra de molde como si lo que fuera a decirse fuese demasiado peligroso, demasiado comprometedor. No hay quien lo entienda ni quien se atreva a explicarlo. Cuba es un misterio, un enigma de radionovela detectivesca dominical. Puerto Rico, sin embargo, se desvanece.

cisterna. f. La ballena jamaiquina se balancea sobre la cuerda floja y le pide al elefante dominicano que la ayude. Miles de arañas haitianas han tejido una red protectora para salvarlas en caso de caída. Los delfines de Martinica brincan y atraviesan círculos de fuego de Montreal. Las avispas de Trinidad pican a los perros guadalupanos y los gatos de Curazao se comen a los pescados boricuas vivos, en pleno juego de sushi tropical. "Qué hambre", exclama uno, el más pequeñito, lanudo como ningún otro.

corbata. f. El cobre es un metal resistente. No me sorprende que tu madre haya pedido techo de cristal, pero sí que lo enmarque en acero y no en cobre, con lo devota que ella es a la Virgen. Pero no importa, da igual. Dile que yo prefiero ir a Regla en lancha, pero no martes, que es día de mala suerte, de ni te cases ni te embarques.

D

diamante. m. (de Diamanda Galás) Diáfana radiación le penetra el seno, como si pudiera extirpar un monstruo con la punta de la lengua y el dedo gordo del pie derecho. "Yo no me merezco esto", dice, cansada. "Nadie se lo merece, mi amor", le responde una monja ursulina alemana, criada en el Perú, que está de visita a pedido de su madre. Deseo de infundirle un poco de religión o fe católica, como si con eso pudiera contrarrestar los años de atea y devota de las siete potencias africanas. Pero los orishas son grandes y poderosos, y lo perdonan todo, porque ellos también fueron humanos una vez y saben lo que es eso de dudar. Es más, mil veces prefiero yo a alguien que se haya cuestionado todas estas cosas. Pero quién soy yo para estarme preguntando todo esto.

dados. m. pl. "Dile a tu mamá que la mensualidad va a subir porque todo está más caro. Pero que si me lo quiere pagar semanalmente, que está bien. Y no dejes de practicar las escalas y la pieza del concierto, que va a ser en el Teatro Emilio S. Belaval de la Universidad del Sagrado Corazón. Y diles a tus papás que espero que vengan, y que no tienen que mandar flores, que se ahorren ese dinerito, que bastantes alumnos ricos tengo como para que el auditorio esté lleno de arreglos. Que yo espero que no sean de margaritas sino de claveles o rosas, porque la verdad es que las margaritas no me dicen mucho. Pero pueden ser de la floristería La Margarita de la Fernández Juncos, que ella es muy buena".

Discípulos de Cristo. m. pl. La corona sobresale, se sobrepone, un destello fulgurante que atraviesa el cielo como si fuera un cohete chino de año nuevo. Estamos en el del dragón, ¿o será del mono?

—Tú naciste en el año del puerco, y se te nota a la hora de comer.

—Gracias, mi amor, siempre tan halagadora.

—Ese es mi sino.

didascalias. f. pl. Soviética parecía en su padecimiento. Era algo como a base de vodka y caviar, de babushkas de la fría estepa siberiana, de gulags insoportables llenos de miedo y mierda y un frío que sólo a Solzhenitsyn le puede haber gustado. Porque lo que somos nosotros, qué va. Aunque una vez me contaron que en La Habana había hasta abrigos de pieles para las señoras que iban al Tropicana en sus Studebakers y Lincoln Continentals.

E

etruscos. m. pl. Los carcinógenos se riegan, uno ni sabe cómo a veces. Y a algunas personas les da, y a otras no, y no se sabe por qué. Pero ya están haciendo unos estudios médicos a ver si pueden determinar la causa de estas divergencias.

Eurípides. m. "La tragedia griega, todo santo y bueno, ¿pero qué me dices tú de la tragedia que estamos atravesando en este país? Si aquí nada funciona, todo es pura corrupción, los políticos son todos unos ladrones y yo los pondría a todos en la cárcel, empezando con la gobernadora, que es la que más se ha robado de todos".

Doña Alfonsina siempre estaba con la misma cantaleta, leyendo el periódico de los Ferré y creyéndose hasta los más insólitos cuentos, por más llenos que estuvieran de disparates, con tal de poder odiar más a la oposición.

—Este país se va a hundir uno de estos días, es más, yo ni sé qué hago aquí. Claro, que es que yo no podría vivir en ninguna otra parte.

—Múdese a Nueva York, doña Alfonsina.

—Ay no, es que no me gusta el frío. De visita está bien, pero para todo el tiempo, no.

—¿Y a la Florida?

—Ay mijo, es que tú sabes, yo no soy racista pero no puedo con los cubanos.

—Pero eso no es racismo, doña Alfonsina.

—Bueno, lo que sea.

églogas. f. pl. La hija se deshace misteriosamente de su enfermedad y le dice adiós al tumor que le extirpan en forma de pato.

—¿Pero de dónde te sacaron eso? —le pregunta la loquita, maravillada.

—De la ingle —le responde Clara, seria.

—Pero qué cosa…

—Así obra el Señor —añade la monja.

—O los orishas o lo que sea, si yo soy atea —dice entonces la paciente, que bastante tiempo lleva esperando este momento. Y con eso se levanta de la cama y pide que le traigan un piano de cola, porque tiene un deseo incontrolable de tocar algo de Satie, por no decir una danza de Morel.

epitelio. m. Es todo ilusión. El misterioso sueño del dueño de la fábrica resulta ser de manufactura taiwanesa. "En este país ya no se hace nada", le insiste su asistente, un mulato bastante alto que estudió en la Sorbona. "En este país…", pero él como que no va oyendo, el mundo le parece algo distante, irrisorio. La manteca de música mulata no es, no será, es inevitablemente una danza de Lecuona, no, dos: una de los negros y la otra de los chinos. Las practica incesantemente, como si a través de la música pudiera recrear cierto mundo, una realidad ya perdida. "Dile a tu mamá que la semana que viene no", y los dedos ya le duelen, las palmas de la mano, las muñecas, los antebrazos, los codos, los hombros, las axilas, las mismas cutículas, hasta las uñas y los huesos le duelen con ese dolor que él quiere sentir, que él preferiría sentir mil veces más que el cáncer invisible que la va matando a ella. Soldaditos de ébano y de cristal, un palacio de notas musicales, dos danzas de Lecuona —una negra y una china, todo directo desde el Conservatorio Rensoli. "Dile a tu mamá", pero mis papás oyen todas las noches, atentos, fieles a los llamados del teclado de Rachmaninoff hasta las tantas de la noche en lo que los otros vecinos se quejan y empiezan a tirar huevos y tomates viejos y hasta basura desde el condominio Montecielo, eso cuando no se ocupan de pedir firmas para que la echen del barrio. Pero mi mamá se opone rotundamente. "Esa mujer se está ganando la vida honestamente, y si yo, que soy la vecina de al lado, si a mí no me molesta, pues entonces que se tranquilicen. Bastantes problemas que tuvieron saliendo de Cuba...". Y entonces la loquita va y le pregunta: "¿No habrá un concierto para curar el cáncer, Minita?" Pero Minita ya no es más que un espíritu, murió antes de tiempo. "Un concierto a cuatro manos, Minita, o a ocho, con los dos pianos de cola..."

efebo. m. De enfermedades y esperanzas se trata la vida. ¿Quién es el misterioso ingeniero que habla con el mulato chino? ¿Cómo se llama la loquita? Veo a Petronelia, vestida de Petronilo, con una máscara y coturnos, sentada en el público en primera fila. "Sonata de las Antillas" se llama la primera pieza, la que lo inaugura todo. Le sigue "Morfosintaxis zoológica", a petición de la concurrencia. El programa culmina con "Cáncer encuerado", en el que todos salen vestidos de esqueletos que ni celebración del día de los muertos en México. Piden ñapa: "Me río de la muerte tropical", interpretado por un coro de animales extranjeros, todos de Nueva Orleans. "Es que Minita también enseñaba solfeo y canto", le explica la ursulina a mi madre, media soñolienta, con los cuarenta dólares en la mano, ya medios empapados de sudor. "Pues le ha quedado todo muy bonito", responde, bostezando. "No se preocupe, señora, que esto ya es el final. Su loquita está por tocar un nocturno".

extravagancia. f. [silencio].

fin. m. [condición]

Viernes Santo
Segunda parte del
Diccionario del amor y la paciencia

F

frígido, **—a.** adj. Felisberto Hernández no lo hubiera podido decir mejor por más que tratara, por más que pasara horas de horas de horas tratando. No por alguna limitación personal o porque yo tenga algo en contra de él: es que simplemente hubiera sido imposible, algo como pedirle peras al olmo. Hay cosas en la vida que se quedan mejor sin decir. Claro, que Juan Bosch, bueno, eso ya es otra historia…

feliz. adj. Yo siempre me quedaba bobo con la capacidad de la gente de hacerlo bien y que no se les dañara. Todas las veces que yo traté, me salió al revés. Eso es lo que pasa cuando uno quiere saberlo todo. "No hay mal que por bien no venga" me decía mi mamá en su francés contaminado.

fauno. m. El esquizofrénico medita, pero la pastilla lo controla. Hay una luciérnaga que se ha posado sobre mi hombro, y a veces converso con ella. Me dice todo tipo de cosas, de las más interesantes por lo general. Un día vino una mosca y lo dañó todo, por entrometida. Yo no sé por qué te estoy contando esto, me pareció que podía confiar en ti.

FLACSO. f. Si un estudiante de ciencias sociales se propone pasar un mes en la República Dominicana y no lo dejan hablar, claro que vamos a tener un problema. ¿Que por qué no lo dejan hablar? Si tú vieras la cara que yo he visto no harías esa pregunta. Pero lo que cuenta es el diploma. "Si un estudiante de ciencias sociales" pero resulta que es una madama de filosofía, graduada de un templo haitiano. "Si un estudiante" pero no es un ser humano, es un perro, o mejor dicho, una perra en celo. "Déjenla salir, ¿no ven que me va a llenar la sala de sangre?" Pero yo nunca le quise hacer caso a tu mamá, me dio miedo la señora, ¿sabes?

—Eres un grosero, ¿cómo vas a decir que es un perro?

—Una perra.

—Eres un salvaje.

—Deja que la veas en persona y entonces me dices.

—Te voy a volver a encerrar, canalla.

—Haz lo que quieras, ya verás que tengo razón.

fiambrera. f. Por lo de que la señora Gula venía y se llevaba toda la comida y doña Ina venía en su station wagon a buscar a los niños de Caparra para llevarlos a Miramar a sus clases de kindergarten en el Perpetuo Socorro. "En el Perpetuo no hay kínder, lo que pasa es que le han dejado a Miss Ceide que los niños usen el uniforme". Eso era antes, ahora ya lo integraron.

farsa. f. "Bueno, ahora sí que vamos a tener que discutir este asunto". El padre se le metía en la oficina y le quería hacer cosas que no se pueden discutir en estas páginas porque yo no estoy buscando pleitos con nadie, mucho menos con el embajador nicaragüense. "Aquí lo que hay es cónsul, no seas pendejo", le respondió. "Déjate de malas crianzas y más vale que me hables con más respeto, ¿viste? Que ahora que regresaste se te han subido los humos a la cabeza y te vas a meter en muchos problemas, ¿okey?" A Sagrario no le agradaba para nada oír lo que le estaban diciendo pero no le quedaba más remedio.

fibroma. m. Yo no sé quién te dijo a ti que podías pasar por aquí y decir esas cosas, pero te voy a pedir que te vayas ahora mismo y te lleves tus porquerías contigo.

—No me agrada que me hables así, ¿sabes?

—Pues lo siento mucho, tal vez la próxima vez lo piensas dos veces antes de bajarte del avión.

—Pues tal vez la próxima vez me quede por Europa, tal vez no haya próxima vez.

—Pues eso me parece bárbaro, Bárbara María.

—Eres un pendejo.

—En eso salí a tu padre.

—Idiota.

—Igual que tú.

fémur. m. El médico trató y trató pero por más que tratara nunca logró colocarle el hueso roto en su sitio. "¿Cómo fue que usted se fracturó la pierna?" le preguntaba insistentemente.

—Ay, doctor, es que no me acuerdo.

—Pues haga un esfuerzo mental, mi generalísimo.

—Yo estaba montado en la bicicleta y entonces vino un apagón.

—¿Se fue la luz?

—No, no sé, es que de repente todo era oscuridad.

—Y aquí estamos con este jodío hueso. ¡Ay perdone, señor Presidente!

—No se preocupe —dijo entonces Trujillo—, que a todos se nos escapa una mala palabra de vez en cuando.

—Es que usted sabe…

—Sí, la culpa la tiene ese maricón de Jesús de Galíndez.

flojera. f. Bárbara María se puede llamar Sagrario que se puede llamar doña Ina que se puede llamar Miss Ceide que se puede llamar Jesús de Galíndez que se puede llamar Rafael Leónidas Trujillo Molina que se puede llamar el roto del culo de un enfermo mental parecido a tu padre que se puede llamar eres un grosero que se puede llamar, no me llames, que se puede decir de tantas formas: a la dominicana, a la nicaragüense, a la francesa, a la haitiana, a la boricua, a la Miramar, a la Perpetuo Socorro.

FLACSO. f. Ay, me estoy repitiendo sin querer. El Perpetuo Socorro es un colegio en Miramar. La hija del nicaragüense se moría por estudiar allí. El engendro del monstruo, el silencio, la bazofia, la locura nocturna de repente, por lo de dedicada urbe de la canción. Ya es hora de la G.

G

ganso. m. A mí me ha dejado absolutamente espantado la manera en que…
—Por el amor de Dios, ¡cambia el tema!
—Es que no te he dicho…
—No me interesa.
—Es que…
—Que nada.
—Está bien. Tú eres el que te lo pierdes.
—¡Aleluya!

guitarra mía. f. Era una mujer que parecía un bodegón de Picasso pero se le perdonaba porque era la amante de Carlos Santana.
—¿El músico?
—Ese mismo, mi hermano.
—En la cama…
—Con to's los hierros, mi pana. Pura sabrosura, no two ways around it.

goma. f. El locutorio elocutivo hablaba y hablaba y nunca se callaba, nunca, aunque estuviera lloviendo gatos y perros y ranas y renacuajos y pajaritos y parásitos y víboras y virus y beltenebros y juanes y morcillas y azucenas y gloriosas cajas llenas de mazapán elaborado con unas almendras cultivadas en la falda del Papa, sí, del santísimo padre de la iglesia católica. Porque a mí nadie me va a decir que estofón y estufa es lo mismo, mucho menos si uno lo que quiere es hacer un flan de calabaza, en cuyo caso yo recomiendo matar al estofón y usar su sangre en un baño de María. ¡Ahí sí que te sale bien rico el flan! Bien anaranjado.

guandules. m. pl. Variación que se da en Ponce pero que también resulta que es la manera en que le dicen a los gandules en la República Dominicana. Eso me lo enseñó mi amiga Lorgia.

gandules. m. pl. Producto de exportación con el que se hace un arroz sancochado que se le da a la nicaragüense que quería estudiar en el Perpetuo Socorro después que su familia saliera del país en 1979 debido a la revolución sandinista. La verdad es que la mayor parte se fue a Miami, pero no todos, incluyendo los que acabaron en San Juan. Muchos se quedaron sin chavos, excepto los que eran tan y tan y tan y tan y tan ricos que ya habían sacado todo el dinero del país, como los que se quedaron con las cosas que Roberto Clemente les llevaba. Por eso es que la comparación entre los Somoza y los Trujillo no es tan descabellada.

Guayama. Pueblo precisamente localizado en el camino de Bárbara María, que según yo tengo entendido, es el nombre de un huracán.

Guatemala. País por donde estuvo Sagrario antes de que los contras se apoderaran de Honduras en su esfuerzo de derrocar a Daniel Ortega, que ahora es presidente de nuevo y ultracatólico y corrupto.

Guiñazú. Los españoles se peleaban con los argentinos por el derecho de ser los más insoportables, pero ni uno ni lo otro, porque en Puerto Rico los superábamos con sólo decir algo de que si por Plaza Las Américas, que si en Macy's o en Velasco, en aquellos tiempos cuando todavía se podía comprar en González Padín, que le pasó como al pobre Hudson's de Detroit y al Marshall Field's de Chicago y a tantas otras y seguirá pasando hasta los fines de los tiempos, Amén.

H

harina de otro costal. f. Este cuento.

hastiada del universo. f. Linda manera de expresarse, ¿tú no crees?

—Gorda, yo no tengo la menor idea de qué me estás hablando.

—¿Por qué lo de gorda?

—Por todos los pastelillitos de guayaba que te acabas de zampar.

—¿Y a ti ahora se supone que te diga señorita Splenda o Sweet'N Low?

—Al menos yo trato de conservar la figura.

—Pena que tu figura no se haya enterado.

—Cabrona.

—No hables así en Kasalta, que no está bien.

—Cómprame otro quesito, por favor.

—¿Con qué dinero?

—Con el que le vas a pedir a tu padre multimillonario, que por algo lo tiene.

—Precisamente, porque es un maceta.

—Pero tú no lo tienes que emular, tú puedes ser la que lo gasta todo.

—Está bien, pero que no se repita, al menos no por hoy.

—Haré lo posible, pero tú sabes que soy débil.

—Si te conozco como la palma de mi mano.

—Como que salimos de Santiago de los Caballeros juntas para nunca más volver.

—Así mismo.

hincha huevos. m. Explícame lo de Jesús de Galíndez.

—Por enésima vez, fue el novio de mami y cuando desapareció, la policía fue a interrogarla.

—¿Y ella qué tenía que ver?

—Nada, pero no importa. Es que salió con él varias veces cuando vivía por Columbia University.

—¿Y qué le pasó?

—¿A mami? Nada.

—No, a Galíndez.

—Trujillo lo mandó a matar.

—¡Ay Dios mío!

—Pero después mataron a Trujillo, y por eso es que nosotros pudimos ir a Santo Domingo a la competencia de natación de los Delfines del Naco.

hormigón de 24 quilates. m. ¿Qué por qué le arrancó el bigote de cuajo? Yo no sé, a la verdad. Lo único que recuerdo es que mandó a techar la casa con láminas de oro, que yo no sé de dónde se las habrán sacado en Puerto Rico en esa época, pero la verdad es que lo hicieron. Y la isla empezó a parecerse más y más a Macondo.

huraño a más no poder. m. Eso decían de mi tío Rafelito pero no era verdad, él siempre saludaba.

I

ignominia. f. La historia de la señora Gula estaba techada de misterio, y lo único que sabíamos de seguro era que viajaba mucho y que en todos los países probaba todos los platos. No había uno solo que se le quedara sin probar. En Francia, no había una sola salsa bechamel ni anca de rana. En Italia, una sola pasta. En Grecia, una sola aceituna. En España, una sola paella. Cierto es que tenía cierta preferencia monstruosa por el sur de Europa, que sólo violaba al estofarse de albóndigas suecas, como las que venden en Ikea. Pero eso es un anacronismo, que en tiempos de mi abuela, esa tienda no existía. Este cuento es un plagio.

Iraida que no es nombre de cacique. f. Volviendo al tema de la enfermedad incurable y lo que uno hace o no hace por ayudar a los enfermos.

J

jamonas. f. pl. En rebanadas finas, con mucha azúcar moscabada y un toque de clavo de especie y hasta canela se le puede poner. En jugo de piña quedan muy buenas. A veces se sirven con ensalada de papas hecha con mayonesa, mostaza, huevos duros, perejil, pimienta negra bien molida y cebollas picaditas bien chiquititas. También se pueden servir con ensalada de repollo a la que siempre le echo sus semillas de caraway, que en español se dice alcaravea, que es una palabra que viene del árabe. ¡No hay que tenerles miedo a las jamonas! ¿Y de postre? ¡Pues flan de calabaza!

jangeando de noche y de día. intr. Las niñas del Kasalta no tenían una buena noción de cómo comportarse.

jodonas por lo malas que son. f. pl. Todo se resume en pocas palabras, pero optó por no pronunciarlas en público, por aquello de que después dicen que uno no sabe. Pero no era verdad. Había comenzado todo (o al menos casi todo) por un malentendido. Se habían peleado bastante, pero al fin, todos se querían. Es que a veces uno no puede confiar en lo que ve u oye. Después se mueren las personas y te quedaste sin decirles esto y lo otro. Pero a veces es que no hay nada que decir, cuando uno ya lo ha dicho todo. Desafortunadamente se te quedan las ideas en el tintero. Así es la vida. Ahora vamos a tener que esperar por la K, no sé por cuanto tiempo. Paciencia es lo que hay que tener.

Júnior, reggaetón tropical

Porque no hay maricones en el reggaetón, ni patos ni mariquitas ni locas partidas, nada de bichotes en el hoyo de tu culo si no brincas, ¡brinquen, cabrones! ¡Brinquen! ¡Brinquen! Los que no brinquen son patos, motherfuckers, y yo no soy marica, mi amor, ¡soy el machote! Gánster, ¿aight? Él te dice a ti o a mí y yo soy una bandera bien cabronamente grande, una bandera de banderas de gatitas y putitas y bitches y hos y rayas y rojo y azul y blanco, azul y blanco y no es la pecosa, cabrón, nada de Betsy Ross, es Caribe, Caribe, bandera de Cuba y Puerto Rico, repeat, repeat, repeat, repeat, repeat, repeat, repeat, repeat, porque el ritmo, ¿cómo se dice el ritmo, Júnior? Dícelo a tu mai, dícelo, dícelo todito, dile del flow, dile, dale, dale una bofetá, ¿tú le estás dando, cabrón? No, ella es la que me está dando a mí, negrote maricón.

Entonces la gatita canta lindo, lindo, lindo, pero tú no viniste a oír a la gatita, pero ella le da, bailando, perreando, cantando, bien, bien, bien, racatá, tú eres una nena (más o menos), como nena o algo, el blinblineo racateando esta noche, brillándote en la cara, el noize, el noize pulsándote en la cabeza con mucho melao, durito, bien duro, racatá, ven a ver a los nenes malos, gatitos malos, nenes malos del flow, ¿tú eres un nene? Júnior, tú eres un nene más o menos, un nene reggaetonero en Orlando, metido en esta maldita calor, ¿qué estás haciendo aquí? Te mudaste pa'cá con tu mai y tu pai, se cansaron de la isla, se cansaron y se mudaron pa'cá, pero dales un ratito, tú espérate ahí que yo los conozco, ya mismo llega el truck de la mudanza y yo sé que pa la isla de nuevo, pa la isla empacando con el Cangri, con el Nicky, con el Tego, ¿pero qué estás haciendo ahora?

—Estudiando en la Universidad de Florida Central.

—¿Te gusta?

—Está bien.

—¿Y el carro?

—La vieja me dio su Be Eme, negro con Be Eme, pa que veas.

—¿Qué es lo que ella hace?

—Abogada, cabrón.

—¿Y tú hablando como un caco?

—Esa es la que hay, my friend.

—Boricua con Be Eme, ¿y esas trenzas?

—Pues, si aquí todos se creen que yo soy de Jamaica. Los boricuas son racistas, man.

—¡Haitiano es lo que tú eres, cabrón!

—Haitiano my eye, pendejo.

—Tú lo que quieres es que te lo metan por el culo.

—Cállate, morón, que tú no eres nada más que un caco comeculo cagacatre.

—Ajá — dice, asintiendo con una sonrisa de 24 kilates.

Todo en la esquina, mientras Nicky Jam canta y canta, recordando las movidas de Pitbull, la ropa de Daddy Yankee, el blinblineo de Wisin y Yandel.

—¿Tú entiendes lo que dicen?

—¡Cállate!

Y entonces miras al cielo, y una estrella te cae en el tuntún de pasa y grifería de tu pelo, y la música vibra y tu cuerpo ya no es tuyo, tu cuerpo es de la música y del swing, niño de la noche, moviendo ese cuerpito mientras tu labios repiten bellaquear, y sueñas en chuparte a Wisin y a Yandel, pa'rriba y pa'bajo, chupándole los dedos de los pies metíos en un zapato, la lengua chupando el cuero del zapato y la tela del pantalón, bellaqueándose la camisetita con el swing, moviéndose y de todos modos están todos juntos, todos juntos apretaditos, apretando en medio de la música hasta que tocas a un tipo y se vira y te da un puño en la cara.

—Júnior, ¿qué te pasó, mi amor?

—Nada, mai.

—¿Dónde tú estabas? No me digas que fuiste a otra de esas malditas cosas de reggae qué sé yo ni cuanto.

—Reggaetón, mami.

—¡Me importa un pito! Mira tu cara. ¿Quién te hizo eso?

—Fue un accidente. Me caí.

—Ajá.

—¡De verdad!

—¿Tú te crees que yo me voy a creer ese cuento, Júnior José?

—¡Te lo juro por Dios!

—No andes blasfemando que nosotros somos católicos.

—Ma, ¡déjame quieto!

—Está bien, mi amor, pero yo me preocupo por mi bebé —que es una tremenda loquita y se cree que yo no sé, pero las mamás siempre saben, ¿no?

—Júnior, ¿tú me quieres decir algo?

—Mami, déjame dormir.

Y Júnior se acuesta y olvida el dolor de su cara partía en dos y sueña de ritmos y boomboxes y bocinas gigantescas y cuerpos danzantes que se menean en un cuartito bien caliente lleno de gánsteres y gatitas con pistolas todos disparándose los unos a los otros, llenos de músculos y tatuajes y bling, moviendo esas falditas tan apretadas, el pelo cayéndole al ladito, los labios tan rojos, luscious, los nenes besando a las nenas, bailando como perritos, por atrás, y Júniol mira a Júnior y Júniol se parece a Daddy Yankee y a Don Dinero y a uno de los Bambinos y tal vez hasta a René, todo con más flow.

¿Júniol? Sí, porque hay dos, bueno, hay millones, pero aquí mismo, hoy, ahora hay dos, Júniol el nene malo de mis sueños, de caseríos de Carolina (bueno, no, de Bayamón), el Júniol nuyorican, el blanquito pero sólo de cara, blanquito pero de caserío, el baby, pure trouble, y Júnior, el nene bueno de urbanización de acceso controlado, ¿negro como un teléfono? ¿Cómo Tego? No, mulato, mulato oscuro con trencitas, con la mamá abogada y el papá contable. So what they be doing in Orlando?

—Orlando's the new New York, motherfucker!

—¿Orlando Disney World?

—No es Calle Ocho, cabrón.

Pero el tema es que ya no podemos distinguir entre Júnior y Júniol, Júnior y Júniol son una gran cosa mala, ¿entendiste? Júniol/Júnior/Júniol/Júnior/Júniol/Júnior, dos en uno, enamorados a su manera porque Júniol en realidad está enamorado del dinero y del espejo, uno una gran estrella de reggaetón cantando allí bien alto, al lado de Don Omar y de Nore, meneando ese culo, meneándolo, no, that be the girls, joe, las nenas, pero a Júniol no le importa, Júniol tiene bastantes balas y sangre bajo la cintura, bastantes para asustar a todos los nenes malos, al menos hoy, todo about respect, respect, y gatitas preñás y panties tiraos por todo el escenario, pretty boy no es por na, y Júnior parado en primera fila, moviéndose y gritando pa trás.

—¿Qué hace ese jodio maricón en la primera fila? Sáquenlo de ahí.

Pero nadie lo saca y después se encuentran los dos y Júnior sabe que Júniol en el fondo lo quiere, en lo más hondo, deep deep down queriendo probar ese sudor de chocolate, queriendo quitarle esos espejuelitos de nene bueno y estofón universitario, sentirle los pelitos de la barba, slap, slap, slap your booty, ¡pórtate bien, mama! Darle a ese culito y hacer de cuenta que tú eres una nena, es más, eres igualito a una nena, prácticamente una nena, yo podría estar con una nena ahora mismo si no lo pienso, tú eres una nena, una nena es lo que tú eres, Júnior, y por eso es que puedo estar contigo, ¿okey?

—Si tú lo dices, papi.

—Ahora nos entendemos. Tú eres mía, mi gasolina.

Y tú le quieres dar todo lo que tienes, todito, porque ¿quién se lo creería, quién? Júnior y Júniol juntitos, apretujaos en el asiento de atrás de un carro, no, en un motel, no, detrás de un edificio, no, en tu casa, ¿cómo lo metiste? En su casa, no hay nadie, nadie, ¿en Orlando? O en San Juan, esa noche que lo viste cantando en la Krasha, no, en Lázer, ¿o fue en

Dembow? ¿Ha pasado más de una vez? Caminando por esas calles, cuatro de la mañana, ¿quieres guiar? ¿Quieres capear? ¿Quieres un trago pal camino? Un trago pa mis labios, estoy tan jodío que ni sé lo que estoy haciendo, ni siquiera sé quién eres tú o quién soy yo, lo único que sé es que Júniol y Júnior son un espejo, dos nenes que separaron al nacer.

—¡Ay! ¡Cuidado con las cadenas! ¡Eso me dolió!

—Perdón, baby, mi bling —y se sonríe, orgulloso, bien orgulloso de su bling apretao contra su pecho y sus pelos to's enmarañaos, medallas, gorros de béisbol grandotes volando, pantalones volando, tenis volando, camisetas volando, jackets atléticos volando, sudaderas volando, chupándole hasta la ingle.

—¿Qué tienes ahí? ¿Qué tienes? ¿Qué quieres, mi perra? You a dog, dog, dog, dog, dog, dog, god, god, god, god, good, good boy —haciendo cosas divinas con un moto del tamaño de un bicho, tú tan volao que ni sabes pa dónde es pa'rriba, y todo está bien (en la oscuridad).

—¿Nos vemos mañana?

—Pero si yo ni te conozco mañana, Júnior. Es más, yo ni te conozco hoy.

Al menos eso dice. Y sigue:

—No me llames, no quiero que me vean contigo, joe. Es más, borra mi teléfono.

Y con eso se viste todo al revés y se va más rapidito que un diablo.

¿Y ahora qué? Maldices a los dioses, gritando, cabrón mentiroso, so paquetero, ¿pero puede que sea verdad? Puede ser, rompiéndote el corazoncito en mil pedacitos, aplastándolo como un gusanito, un Júniol haciéndole esto a su propio tocayo, Júniol Júnior en tanto dolor que se empieza a sentir bien, dolor de lágrimas malas oscuras que le corren por el rostro. Pero los nenes no lloran, los nenes dan puños y brincan, ¡brincan! Nada de bichos en mi culo, cabrón, nada de patos maricones gansos en el reggaetón, al menos no por hoy.

Pero entonces, por supuesto, suena el celular el próximo día.

—¿Qué pasó?

—What up, motherfucker?

—Júniol, yo pensaba que no me ibas a llamar.

—Sí, pues, ya tú me conoces. ¿Qué es la que, bro?

—Nada.

—¿Me quieres chupar el bicho?

—¡Júniol!

—Yo te lo dije bien directo, conmigo no hay romance ni na. ¿Me lo quieres chupar?

Júnior rapidito le engancha, pero su celular empieza a vibrar en menos de lo que toma decir gasolina.

—Perdóname, bebé, vamos a tratar de nuevo.

—Okey.

—Hola Júnior, ¿cómo estás?

—Bien.

—Me alegro. ¿Qué estás haciendo?

—Nada. Eso ya me lo habías preguntado.

—¿Te puedo buscar y salimos a dar una vueltita? Te quiero regalar algo.

—¿Qué?

—Una sorpresa.

—Okey.

—Llego en quince.

Y entonces la limosina Mercedes Lexus Be Eme Cadillac Jeep Hummer SUV 4x4, es decir, la máquina del bling se aparece alterada a más no poder, blanca roja brillante negra metálica, de seda, aros con su sonido vibrando, vibrando, ritmo, ajá, bling del castigo, como le corresponde a un buen gánster. Y ya tú sabes cómo va a acabar esta historia en ciclos repetitivos de nunca acabar: amor, dejaera, tortura, besos, sangre, esperma, sudor y lágrimas. El amor nunca acaba bien. O bueno, casi nunca.

A Monstrous, Calamitous Event,
Akin to Birth
(Discurso en el Politeama del Amor)

to James Whale and Mary Shelley

YOU ARE MY PROJECTION SCREEN and there is a battle going on, a bloody battle, full of ups and downs, grunts, illusions, and despair. I am an illusion and pride myself of that misery. There is no end but the end is near. This is an upside-down journey.

I run up a stairwell, out of breath, have sex in a bathroom and develop an odd lung condition, something akin to emphysema. I cough a little and am well in a couple of weeks. The memory stays with me forever, I can smell it in my hand, it does not smell of gasoline.

THE COMPUTER SCREEN OF YOUR IMAGINATION is a collage of badly spliced images, all stuck together with rubber cement and spittle. My life is a film, I live as if in a film, and you are the projector.

I am so tired I want to go to bed, but can't. There is an imaginary cat lying there, waiting for me, all alone in the cold. HAPPY OR SAD, HAPPY OR SAD, like a Pizzicato Five song or a trench in the middle of the war, the stench of carnage, hanging heavy in the air, humid, wet, rotting, like the rain that washes it all away.

This here is a history of confusion with a little bit of sweet and sour, just a pinch of bitter, just a dash of jolly for good old time's sake, a bit of pineapple and a maraschino cherry, a little bit of whipped cream and some nuts. Don't believe a word I say, it's all lies, he says, nodding in the middle of his nap, nothing more than lies, you know, as he snores. Ask anyone who knows me and they'll set you straight as an arrow, straight to heaven or hell most likely, an arrow that gets caught in Cupid's quiver and later strikes an innocent passerby. I don't know what I am talking about, and everything I say is really meant to convey the exact opposite, in the style of a Sophist or of a neo—baroque poser. This is a sad, sad story, a real tearjerker! I have never seen happiness cross my path, except in a mirror or in the quick glance of many people all around me. If I say mean scowl it really means a smile, a smile for Oscar Wilde on the face of a Cheshire cat. If I say twisted, it probably means a tsunami is coming, and you better watch out.

I am in a cyborg version of Choderlos de Laclos's *Dangerous Liaisons.* A tropical version, should we say, with palm trees swaying in the background, in Rio de Janeiro, perhaps. The wealthy slave-owning madam tells her friend, a count grown rich on the sale of computer microchips, that he must seduce the innocent fifteen-year-old son of her best friend, whom she despises. The boy is a saint and thinks of nothing more than church and microbiology laboratory sets. If the count succeeds, he will get to rape the madam. If he fails, she will inherit his automaton, a sixteenth-century replica of a dancing man from the Caribbean.

In a day and age such as ours, the act of writing seems inevitably reduced to tedium, to a masterful foil for doing nothing. Why not watch a movie instead, or go to a sex club? Why not whip your partners with coils soaked in alcohol to make them supple? Watch porn on TV, ride the subway in search of a mate for the evening, cruise the Internet, get a Taíno tattoo in Old San Juan, listen to bhangra, dance at Eros (now Krash) or Circo, get a piercing in your belly button or tongue, sit outside on the sidewalk talking to drag queens and boys who sell drugs who grew up in a tiny town in the southern part of Puerto Rico, try to get into an after-hours club with this fabulous woman who happens to be fat and has dreadlocks and not be let in, go to another after-hours and have a rude man make fun of her purse, which looks like a big bubble flash for a camera. Move around, call people on the phone, have no one call you back, have time to write, have nothing to say, nobody to read your books, nobody to publish your stories, and pretend you're dead. Light a candle. Take a deep breath, start again, call a friend, regain composure, stand still like a statue and recite a poem by heart.

He knew it was wrong to be happy, happy, sad, sad, just like the song, but he did it anyway.

If you take a gay man and roll him out with a rolling pin and dust him with AIDS on a floured board and bake him and eat him for dessert with nuts and raisins and you are that gay man, that gay man is you, I hope I am baklava, I want to be covered with syrup, I hate things that are not sweet.

You take a piece of paper, but the piece of paper is caught inside a computer, the piece of paper is in your journal and you try to draw with crayolas and make a collage with images from around the world and write in many languages, this is not for the people, this is not about the people, you do not represent, this is about me, this is all a long autobiographical hallucination in which I am an unrelenting monster that controls the universe and that must be subdued by the Beastie Boys in a video in Japan, in a neighborhood in Brazil, on the streets of Columbus, Ohio. You leave New York and what happens? You leave Univision and La Mega Se Pega and Habichuelas Goya y no pasa nada, nada se mueve, nadie sabe la hora ni donde está el reloj.

A child is beaten (not me). A child is dancing naked in a room and his father storms in. A child stares at a cage full of parakeets and at a fish tank that is nearly empty. Why ride a bicycle? Why? Why not lay pieces of paper on the ground and cover the wheels with graphite and let the machine do the writing? We are all machines, one big machine of living emotive flesh that cries and demands to be heard, that wants to fly, fly, fly away back home, fly to Puerto Rico, fly to Spanish and other places and be gay, gay, gay like a happy lad with many lesbian friends playing pool on High Street, chomping on Munchos and Cheetos and Platanutres and peanuts that make you fart.

I am the mystery man, I am the tongue that dare not speak its name, I am a never-ending story that I have told time and time again, breath after breath, I am a careening bus on speed that flies through the skies in revolt, flies through a blue, blue, oh so blue ocean with Yemayá who is the only one who listens, with a mouth full of cangrejos y langostas y pescados y murciélagos y vampiros, I am a blood-sucking chupacabra that thrives on destruction, I am a clown that pretends to be sorrowful, I am Pagliacci-Degree-Zero, I am Turandot, I am Madame Butterfly in Cuba and Costa Rica, I am the open bleeding veins of Latin America, I am the happy homosexual, I am the flesh and blood of Lezama, and the ghosts of writers haunt me and show up at my house and write my words.

Dismay! The earth is falling and I am of the earth.

Dismay! The computer keeps talking and I cannot hear.

Dismay! My soul is everywhere but you are nowhere to be seen,

my love,

my treacherous love.

Dismay! The burger on my plate loves the fries

but I am not ketchup, I am jerk chicken on a hundred twenty fifth,

all covered with sea moss,

and my name is love

and my name se escribe con A de amor

and my name is all over the whole goddamn universe,

it says fools in love,

fools of eternity,

fools of Mayagüez and Ponce and Barranquitas,

of Winesburg, Ohio, and Yoknapatawpha,

of Macondo and Santiago,

of Miraflores and Miramares del recuerdo,

of Disney World and Disneyland and Safari Park.

Yo no recuerdo nada y por lo tanto no tengo nada que decir.

Yo no soy nadie y por lo tanto lo sé todo.

Tú eres el universo y por eso el misterio de la vida te pertenece

y por eso te odio y te amo,
pero te odio sobre todas las cosas
menos de noche, o cuando hace mucho calor,
como cuando estamos en el sauna y te masturbas.

La sangre de Cristo gotea sobre la tierra
y yo soy un perro,
lamiéndote las heridas como Babalú Ayé.

I went to Cuba and Cuba was writing, I went to Brazil and was lost. What does a cyborg with missing memory chips do? Why do you care if I am gay? What does my sexually explicit vernacular have to do with Willy, the most handsome boy, a demented 24-year-old homeless black man at an art gallery in Columbus, Ohio, sipping wine with you and me? Are you a painting or made of clay?

Are you blown glass, all shiny in your translucid state, so brilliant like a flower in a boat of sorrow leading to death? Do you give him a dollar? Do you bring him home? Do you kiss his lips? Are you not wily? But you are Willy, only that you are sane, or maybe it's exactly the contrary. You are both hungry. You stare in his eyes and walk away. Don't talk for Willy, he can talk for himself, you think.

I am free, I am sorrow, I am joy, I am a pen, una pluma de colibrí o de pavo real, la pluma que Jorge Perugorría usa para escribirle un mensaje a Mirta Ibarra en Guantanamera en una gasolinera en medio de Cuba. I am a travel agency behind Centro Médico with no awning cause the hurricane took it away and it's never been replaced. I am the big bag of surprises that Santa Claus left on the doorstep y que los Tres Reyes Magos se robaron para repartir en Tras Talleres. I am the grass that the camel ate and chewed in his four stomachs and then spat at Maga, la primera dama de Puerto Rico, en el Monoloro.

I lied when I said Brazil was nothing. I lied when I said William Burroughs was my father, but I wish he was. Am I the son of Paul Bowles or of Paul Newman? Am I a clone? Am I a test-tube baby? Am I the invention of Ben and Jerry? Am I the adopted son of Sarita Montiel? Am I Ramos Otero incarnate? How much of David Wojnarowicz is in me? Is Puerto Rico running through my veins or am I a big jigsaw puzzle that people have to put together with crazy glue? Is my grandmother alive? Who is the sun? Why is the moon hiding between the cheeks of my asshole? Why is QWERTY the sign of my infirmity and of my muscles at the gym, the pain that surges through my forearm at the rowing machine?

I am the writing machine that types like a Brazilian liqüidificador, like a blender in the sky. I am a Kachina doll, I am a Pueblo, I am a slave, am I? Can I make myself black and rip out hatred? Why does woman, what does she have to say? Where is my wrist, is a limp wrist forever the sign of my horizon? My limp wrist is on my hip and I sway to the rhythm, sway to the rhythm that Luis Alfaro dances to 'cause for Luis Alfaro I'll do anything anytime, honey, he's the MAN and that's why I'm moving to Pico Rivera with my friend Andrea, that is why I AM L.A., city of angels and of dust, of Anthony Kiedis and Robi Dräco Rosa y de mi tío Nicky y de mi tía María en West Hollywood, con los patos.

I was just telling my mother, I woke up in the middle of a dream and the whole day had gone by. WHAT ARE YOU DOING HERE? WHAT AM I GOING TO DO WITH MY LIFE? WHERE HAVE YOU BEEN, I'VE BEEN WAITING FOR YOU! You florecita rockera, eres una ponca y te encanta.

I am nothing but a big stack of postcards and briscas. I am a big bag of chipotle and tarugos and Jarritos de tamarindo, a big batch of chile verde stew in Albuquerque, a dog that talks when you squeeze his sides and says obscenities with a bag of chile rojo beef jerky on the side. I am tired of being myself and I'm gonna give myself a break, from now on, I will be you, and you're me, okay?

"Are you a dancing dog?" said the preacher to the homosexual and the homosexual said, "Hallelujah!"

"Are you the spawn of Satan?" he asked and the homo screamed even louder, "Hallelujah!"

"Are you the child of incest and rape, the shame of the earth, the Antichrist?" he insisted to which we all replied, "¡Bendito sea Dios!" and sang Praise to the Lord, Praise to the Lord, Jesus, Amen. And then you wake up and you are covered with sweat, and your pajamas are all wet and it's time to go to school.

Let's suppose it's time to cook, and you want to make a sancocho but all of the vegetables in the refrigerator are spoiled, so you make it anyway and eat it and it's delicious. What does that say about you? What is your secret ingredient? What is the magic touch? Why did your banana nut muffins burn for the first time after so many times coming out perfect? Are your muffins the new host for the messiah? Are you the snow of the year two thousand? Are you the apocalypse incarnate, the four horsemen of the apocalypse? Or are you just a poor surfer boy from Isla Verde, un jibarito perdido en la capital buscando su jaquita baya? Con un tambor que resuena bien duro, PUM, PUM, PUM, camino de Belén, allá por el Morro en el Viejo San Juan.

Why don't you just cut out all the bullshit and tell them what they came to hear? Why? Because I don't know. The sea is deep and wide, a tear is salty, are my tears the sea? Do I have tears running through my body, does this body belong to the sea? How can I be the sea, when I am really a robot in film, a celluloid anomaly of digital editing and remixing, a cable with two thousand applications and a floppy disk that sticks out of my head? Am I a disgruntled drag queen with a half-askew wig, makeup smeared on backwards, a baby doll that shows my fabulous legs and my beer belly? Who speaks to me at night when I try to fall asleep? Who pays the bills? Who is inside of me?

The time has come. Where should I go? This is no Roland Barthes's *Camera Lucida*, Carlitos Colón, El Santo, Nydia Caro y Lucecita Benítez en un concurso de bikini y lucha libre, *WWF Raw Is War* or *WCW Monday Nitro*, my superheroes are not here among us, my masturbated remote control won't switch this channel, there is no 6'2" blond Adonis threatening to throw someone on the hard metal stairs while he scrambles to climb up a ladder and grab the trophy belt. This here is a big computer, and each and every person on this earth is nothing but a key, a character, type option-shift and control-option and shift double key, my fingers do the talking, why walk when you can write and write, all it takes is a credit card and there you have it, you're back all right, back home, back there, back to a totally unknown place that you've been dying to go to for your whole life, back in Machu Picchu, back for Inti Raymi, back in the days of the Inkarri, back with Sigüenza y Góngora, back in the Brazilian Amazon with Sor Juana and Getúlio Vargas and Evita Perón in a Land Rover, back in the time of Anacaona and Anacreonte with R2D2 and C3PO, back playing around in the baths with Homer and Hesiod on crack, back with Sappho in the Mediterranean sewing beads on my spacesuit, back with Adán y Eva en el Paraíso right after la telenovela de las siete, y no te quieres ir, y no quieres regresar a tu vida cotidiana, y tú ya no eres tú porque tú y yo somos lo mismo, excepto que a mí me duelen los brazos y ya me cansé de jugar. Y clamas por Dios, y clamas por Dios, y Dios es una computadora ¿o es un televisor?

FIN